소설 해례본을 찾아서

달아실한국소설 22

소설
해례본을 찾아서

주수자 지음

달아실

| 차례 |

- 006 　작가의 말
- 010 　모래내 군 처형장
- 012 　정음(正音)의 증언
- 014 　안동 고서
- 025 　광대 목구멍
- 042 　정음의 기억
- 044 　한 권의 책, 해례본
- 053 　ㆆㆆ 호랑이
- 057 　청동색 암흑
- 065 　말
- 067 　암클
- 069 　암클 투서 1
- 084 　ㅁㅁㅁ
- 086 　암클 투서 2
- 094 　단어의 변신
- 096 　수수께끼
- 102 　실종 신고
- 105 　실종된 언어군

107	세상은 해례본을 갈망하지 않았던가
114	책
116	한 구절 언문
140	고서적
143	진흥
152	이응이응 나라 리을리을 마을
154	흰 눈, 돌멩이, 흙먼지
168	예언과 선택
180	고등군법회의
187	정음의 개입
189	다시, 모래내 군 처형장
192	김태준과의 가상 인터뷰 __ 말하라, 슬픈 지성이여

작가의 말

 아마도 나는 말하고 싶었던 것 같다. 시대의 자손은 언어로 만들어진 책이기에, 언어가 주인공인 소설을 쓰고 싶었던 게 확실하다. 또한 선대에 고마운 사람들이 있었으며, 그 덕분에 한글로 글을 쓸 수 있었다고.
 이십여 년을 넘게 타국을 떠돌다 보니 모국어가 느슨해졌다. 먼저 조사助詞 느낌이 모호해지고, 슬그머니 정체성이 흔들리고, 나를 지탱해 주는 뿌리가 약해져 영혼이 불안해졌다. 어쩌면 잃어버렸기에 회복하고자 갈망하게 되었는지도 모르겠다. 이 소설은 나의 그런 상실에 대한 탐구이자 진심 어린 헌물獻物이 아닐까 하는 생각이 든다.

 「암클 투서」 허중달 이야기는 유희춘의 『미암일기』 부분에서 빌려와 각색한 것이다. 한편 이 소설의 중심인물인 김태준 이야기는 『김태준 평전』(김용직, 일지사, 2007)을 참고한 것임을 밝힌다. 이 책이 없었다면 이 소설이 태어나지 못했으리라. 따라서 김태준, 박진홍, 이용준, 간송 전형필, 이현상 등 일제강점기에 살았던 실존 인물과 역사적 사건들이 배경으로 등장하지만, 서사 자체는 역사에는 기록되지 않은 사건에 대한 허구적 상상이다.

드디어 마음속에서 나와 가까이 살고 있던 인물을 세상에 드러내게 되어 기쁘다. 아니 슬프다. 그러나 깊이 사랑하는 것들은 모두 언젠가 마침내 자신의 한 부분이 된다는 그 말을 믿으며 다시 엎드린다.

알 수 없는 이유로 내 마음에 남아 있는 김태준 국문학자에게 이 책을 바친다.

2024년 10월

주수자

소설
해례본을 찾아서

모래내 군 처형장

천태산인 1949년 11월 7일 자정

주변은 암흑뿐이다. 그야말로 칠흑 같은 어둠밖에 없다. 남자의 눈은 거친 무명천 눈가리개로 가려져 있고, 두 손은 뒤로 묶인 채 말뚝 하나가 등 뒤를 관통하고 있다. 총구가 곧 그를 겨눌 것이고, 그의 생은 끝날 것이다.

멀리서 발걸음 소리가 들린다. 저벅저벅 군화 소리에 남자는 입 안이 바싹 마른다. 사지가 오그라들고 심장이 터질 것만 같다. 그는 몸을 비틀어 보지만 꼼짝할 수 없다. 남자는 마른 입술을 달싹이며 고개를 아래로 떨군다. 어서 빨리 하사관의 고함소리가 울려 이 고난이 끝나기를……

갑작스레 모든 것이 멈칫, 멈춘다. 세상이 증발한 듯 별안간 아무

소리도 들려오지 않는다. 싸늘할 정도로 고요하다. 순식간 사위가 하얀 백지가 된 듯하다. 발걸음 소리도 홀연 사라졌다. 결박된 남자가 소스라치게 놀라 입술을 움직인다.

'이미 내 숨이 멎은 건가?'

그러나 밤하늘에선 가랑비가 내리고 있다. 그의 얼굴 위로 가느다란 빗방울이 부드럽게 떨어진다. 남자는 웅크렸던 몸을 세우려다 문득 나지막이 중얼거린다.

'아니면 고약한 꿈을 꾸고 있는 걸까.'

하늘을 향해 고개를 들어 보지만 아무것도 보이지 않는다. 축축한 습기가 코로 스며들고 싸늘한 공기가 뺨을 스쳐 간다. 남자는 말뚝에서 무너진 육체를 천천히 일으킨다.

'왜 갑자기 고요해진 걸까. 다들 어디로 간 거지……'

그는 마침내 격한 신음을 토해 낸다. 북받친 감정에 울컥하여 빗물 섞인 눈물이 흐른다. 비에 씻겨 탁한 먼지가 가라앉듯 마음이 곧 누그러지고 영혼이 가벼워진다. 어딘가 멀고 아득한 곳으로부터 별빛이 내려와 그를 따스하게 비추어 주고 있는 듯하다.

바로 그 순간, 기억들이 밀치고 아우성치며 거대한 부채 같은 파노라마 장면을 눈앞에 펼친다. 기억의 불씨가 폭발하여 머릿속 빈곳에다 불꽃 자수를 수놓는다.

그는 그 이미지들이 수놓는 광경에서 시선을 뗄 수 없다. 시간이 실뭉치에서 풀려나오고 있었다.

정음正音의 증언

이제 그는 곧 떠날 터, 나 기꺼이 증언하리라. 명줄이 얼마 남아 있지 않은 저 남자를.

천태산인天台山人 김태준은 국문학자이고, 학문은 그의 목숨이었다. 그는 자신의 시간을 기꺼이 소진하며 오백 년간 흔적도 없이 사라졌던 내 호적을 찾아 주었다. 그가 그렇게 목숨을 걸지 않았던들, 먼지투성이 고서들 틈에서 꺼내 준 해례본이 아니었던들 나는 천박한 태생으로 전락했으리라.

그런데 어찌 이런 일이 일어났는가······.

어둠의 강물을 마셨던 눈먼 자들, 살인의 피를 만지던 시대는 이 남자에게 판결을 내렸다. 반역자, 사상범, 죄인이라고!

그러나 진실은 언제나 혼자의 것!

나는 잠든 이들의 깊은 잠을 흔들어 깨워 물어 보리라. 새 물결이 밀려오면 모래언덕에 씌어진 가벼운 것들은 지워져 사라질 테니 거센 바다처럼 나 소리 높여 말하리라. 시대의 제물이 되어 죽음 앞에 선 남자를 위해.

아, 그도 기억의 강 너머로 건너갈 수 없으리. 절망의 기슭에서 뒹굴었던 길고 험난한 항해 이야기를 들려주지 않고는.

시대를 꿈꾸던 자 모두 스러져 버리고 시간의 모래알들이 모든 것을 덮어 버리더라도, 안으로 안으로 거두어들여 남는 것은 이야기뿐이므로.

안동 고서

천태산인 1940년

위험하고도 예측할 수 없는 불안한 날들이 이어지고 있었다. 시퍼런 칼이 주변에서 배회하고 있는 느낌이 들었다. 족쇄를 풀어 줄 칼날인지 목을 베어 갈 칼날인지 알 수 없었으나 그가 경성콤에 참여하게 된 후로는 더욱 그러했다.

이번 안동 고서는 예기치 않았던 뜻밖의 일이었다.

일주일 전이었다. 여느 때처럼 김태준은 명륜학원에서 강의하고 있었다. 그는 그날 홍길동전이며 춘향전이며 구운몽이며 고전을 들먹거리다가 울분이 격해졌다. 고전 강의조차도 일본어로 하자니 참담한 심정이었다. 학교에서도 조선어 사용이 금지되어 있어 위반하면 즉시 견책이나 처벌이 내려졌다. 교사도 학생도 너나 할 것이 없이 침묵으로 일관할 뿐 다들 무기력한 상태에 빠져 있었다. 나라도, 언어도 불이 꺼져 버린 것이다.

하지만 그는 말하고 싶었다. 국문학자로서 그가 할 바이기도 했다. 김태준은 옛이야기들을 들려주며 자신의 소신을 토로했다.

춘향의 절개에 가슴이 뭉클해지는 것도, 홍길동의 활약에 맘을 졸이게 되는 것도, 탐관오리 횡포에 맞서 저항을 할 수 있는 것도 다 우리말이 있어 가능한 일이라고. 언어를 빼앗기면 모든 것이 사라지는 거라고.

피를 토하듯 토로했지만 듣는 학생들도 다를 바 없는 심정이었다. 사실 누구라도 토를 달 수 있는 상황이 아니었다. 오랜 세월 혹독한 저항을 뚫고 살아남은 정음이 사라져 버리게 되었으니.

강의를 끝낸 김태준은 맥이 빠져 교무실에 앉아 있었다. 그때 누군가가 문을 두드렸다. 평소에 말이 별로 없는 제자였다.

그가 뭔가 불편한 듯이 뒷덜미를 문지르며 더듬더듬 말을 꺼냈다.

"저어, 저희 본가에 고서들이 있는데요, 거기에……."

고향이 안동인 이용준이었다. 그는 늘 한복을 입고 다녔고 서예를 잘한다고 알려진 청년이었다.

"아직도 고서를 가지고 있는 집은 많다네. 한때 조선엔 문집이 없는 가문은 없었으니까. 그런 고서들에는 간혹 언문이 섞여 있지."

김태준은 가슴이 두근거렸지만, 겉으로는 대수롭지 않은 투로 대꾸했다.

"하지만 저희 고서는……."

얼굴이 붉어진 이용준은 조심스레 말을 이어 갔다.

"가문의 선대께서 상으로 하사받아 세전지물로 전해 온 가보와 같은 고서입니다. 정인지 글이 끝부분에 씌어 있고요."

그 마지막 말에 김태준은 화들짝 놀랐다. 심장이 요란스럽게 쿵쾅거렸다. 머리 쪽으로도 피가 솟구쳤는지 둥둥 북소리가 두통처럼 들려왔다. 이어서 보름달 같은 얼굴이 떠올랐다. 전부터 해례본을 찾아 달라고 간절히 부탁한 남자의 얼굴이었다.

갑작스레 김태준의 목울대가 꿀꺽 움직였다. 벅차오르는 감정을 억누르려다 보니 그의 목소리가 떨렸다. 마음이 먼저 요동을 치고 있었다.

"고서를 내가 좀 살펴볼 수 있겠나? 되도록 빠른 시일 안에?"

"예, 예. 물론입니다."

이용준이 흔쾌히 대답했다. 그러면서 당장이라도 고향에 내려가 있겠다고 했다. 하지만 이런 비슷한 사례는 이미 여러 번 있었기에 제자의 말만 듣고 희망을 품기에는 아무래도 조심스러웠다. 게다가 고서가 진귀한 것으로 밝혀지더라도 해례본일 가능성은 희박했다.

숙고 끝에 김태준이 천천히 입을 열었다.

"자네가 그토록 확신하는 이유는 뭔가?"

"선생님께서 해례본에 대해 강의하실 때, 앞부분엔 어제御製 서문이, 말미엔 정인지 발문이 있다고 하지 않으셨습니까? 중간 부분에는 예의와 해례가 있고요."

"그러하네. 실록들에 의하면 그런 순서일세."

"안동 고서가 바로 그런 순서였습니다! 전에 제가 뭘 모르고 읽었을 때 이거 뭐지, 하는 의문이 들었고 심히 혼란스러웠습니다. 선생님 강의를 듣기 전에는요. 한글 모음과 자음에 대한 용례가 한문으로 씌어 있었습니다."

이용준은 고서를 설명하면서 얼굴이 흥분으로 벌게졌다. 그는 연신 자기가 알기로는 강의 내용과 너무도 흡사하다고 거듭거듭 같은 말을 반복하고 있었다. 점점 확신을 다져 가는 제자의 모습에 김태준은 아무래도 서둘러 보름달 얼굴의 남자를 만나 봐야겠다고 생각했다.

누구나 한글을 사용하고는 있지만 창제 원리를 몰라 설이 분분했다. 같은 글자를 가지고 써도 이 줄과 저 줄이 다르고 위의 것과 아래의 것이 달랐다. 표준이 없어서였다. 원리를 아직 모르기에 제각각일 수밖에 없었다. 그것은 이제 몇몇 조선어학회 사람들의 손에 달려 있었는데 그들도 한글 창제를 이해하는 데 곤란을 겪고 있던 터였다.

사실 한글 창제 원리는 오랫동안 안개에 둘러싸여 있었다. 학자들도 저마다 이론이 달랐고 일반 사람들도 나름대로 왈가왈부하고 있었다. 정음의 탄생 기록, 즉 구체적으로 뒷받침할 호적 같은 게 없었기에 사람들은 뿌리 없이 세상에 태어난 서자 취급을 했다. 저마다 제멋대로 상상했고 함부로 천박한 말들을 해댔다. 그러면서 제각각 그럴듯한 이론과 용납되지 않는 논리의 꼬리를 달고 있었다.

김태준의 생각에 그중에서도 가장 흉한 것은, 정음이 어느 고대 글자를 복제했거나 어떤 북방 문자의 모방이거나 또는 높은 문화권의 표절 문자라는 주장들이었다. 이는 주로 일본 언어학자들 사이에 나돌고 있는 학설이기도 했다.

한편 일반 사람이나 명륜학원 학생들 사이에서도 황당한 상상에 근거한 소문이 난무했다. 누구는 문창살 문양에서 'ㄱ'을 끄집어내고 'ㄴ'도 찾아내고 쇠 문고리에서 'ㅇ'을 찾아냈다는 말들이었다. 그러나 그것들은 모두 유치한 원시적 발상에 근거했다.

그럼에도 사람들은 아무렇지도 않은 듯이 살아갔다. 자존감을 박탈당한 피식민지 백성들이 스스로에 대해 무지하듯 사람들은 정음에 관한 관심을 상실해 갔고, 근원이 짓밟혀도 알아채지도 못했다. 나라 전체가 어두움 쪽으로 기울어져 가고 있는 상황에서 해례본이 숨어 있는 것은 자연스러운 일인지도 몰랐다.

다음 날은 무더웠다. 대낮인데도 종로를 오가는 사람들이 별로 없었다. 소나기라도 쏟아졌으면 했으나 날은 무정하도록 쨍쨍했다. 머리 위로는 태양이 이글거리고 스쳐 가는 바람 한 점도 없었다.

무더위로 숨이 턱 막히는 종로 거리를 걸어가는 두 남자의 얼굴은 팽팽한 긴장으로 상기되어 있었다. 양복 차림의 김태준 옆에 중절모를 쓴 남자는 작은 키에 체구가 듬직했다.

이글거리는 햇살을 피해 그늘 속을 걸어가면서 김태준은 제자가 언급한 고서가 해례본일 가능성에 대해 남자한테 들려주었다. 그는 주의 깊게 듣더니 담배 한 대를 먼저 피워 물었다.

"저들도 눈에 불을 켜고 찾고 있다는 소문이 자자하오."

그가 나지막하게 말을 이어 갔다.

"이미 거북선 설계도조차 저들 수중에 있다는데 이것마저 가져가게 된다면……"

그는 미처 말을 끝내지 못하고 땅이 꺼지게 한숨을 내쉬었다. 그러고는 입을 다물었다. 한참 동안 고개를 숙이고 있던 남자는 다시 입을 열어 짤막하게 말했다.

"후대에 우리가 어찌 고개를 들 수 있겠소."

독립운동가들이 그러하듯 그도 자신이 하고 있는 일에 대한 자각이 투철했다. 자신이 수집하고 있는 문화재들이 언젠가 우리의 고유한 정신을 되찾을 수 있게 하리라는 신념을 가지고 있었는데, 그중에서도 해례본을 찾아내는 일이 무엇보다도 중요한 일이고 가장 시급하다고 믿고 있었다.

그때였다. 낯선 그림자가 얼핏 스쳐 갔다. 난데없이 박쥐 날개 같은 망토가 펄럭이다 가뭇없이 사라졌다. 김태준은 즉각 미행당하고 있다는 기미를 느꼈다. 그는 얼른 걸음을 늦추고 앞서 걸어가는 동행자의 소매를 슬쩍 잡아당겼다. 남자도 걸음을 멈췄다. 골목이 교차하는 귀퉁이에서 한 사내의 그림자가 오락가락하는 모습이 눈에 들어왔다. 일경인지 아니면 밀정 끄나풀인지 알 수는 없었다.

김태준이 재빨리 골목길로 들어섰다. 그러고는 뒤를 돌아다보며 남자에게 눈짓으로 신호를 보냈다. 보름달 얼굴의 남자는 알았다는 듯이 고개를 끄덕였다. 김태준이 낮은 목소리로 속삭였다.

"일단은 헤어집시다. 제가 고증해 본 후 곧 연락드리지요."

김태준의 제안에 남자는 보름달 얼굴을 일그러뜨린 채 골목길을 빠져나갔다. 멀어져 가는 남자의 뒷모습은 듬직한 대들보 같았다. 아니, 그는 실제로 나라의 기둥이란 기둥이 죄다 흔들리고 무너지고 부서져도 버티고 있는, 몇 남지 않은 기둥이었다.

김태준은 느릿느릿한 걸음으로 종로 거리를 서성였다. 무엇보다도 진홍을 만나고 싶었다. 하지만 그녀도 연루될 수 있기에 마음을 접은 그는 명륜학원 쪽으로 발걸음을 옮겼다.

그는 일찍이 조선말로 저술한 『조선소설사』, 『조선한문학사』를 펴낸 적이 있었다. 그리고 당대 지식인들이 그러하듯 그 또한 유물사관에 근거한 반제투쟁 지하조직 경성콤에도 참여하고 있었다. 김태준은 슬며시 뒤를 돌아다보았다. 그림자는 여전히 따라오고 있었으나 이미 활기를 잃고 밋밋한 모습을 유지하고 있었다.

오전 내내 불볕더위로 엄청나게 찌더니만 날이 갑자기 흐려졌다.

별안간 시커먼 먹구름이 끼고 오후가 되면서부터 하늘은 검은 장막같이 어두워졌다. 아니나 다를까 빗방울이 하나둘씩 떨어지기 시작했다.

날씨가 변덕스럽게 바뀌어 장대비가 쏟아지자 사람들이 당황하며 우왕좌왕했다. 빗줄기를 맞으며 뛰는 사람이 있는가 하면, 한옥 처마 밑에 들어가 비를 피하는 사람도 있고, 그 와중에 재빠르게 나타난 장사꾼에게 우산을 사는 사람도 있었다.

지칠 줄 모르고 쏟아져 내리는 빗줄기를 바라보며 김태준은 어느 고옥 앞에 서 있었다. 빗줄기들이 싸우듯이 세차게 부딪히며 우두둑우두둑 땅 두드리는 소리를 냈다.

산에서 내려오는 빗물까지 합세하여 물은 순식간에 걷잡을 수 없이 불어났다. 황토가 뒤섞인 물이라 마치 끈적거리는 피처럼 보였다. 게다가 청계천이 넘치기 시작하여 길바닥이 질척거렸고 어디를 가나 진창이었다. 갑작스레 땅이 변해 버린 것이다. 아침만 해도 전혀 상상하지 못한 일이었다.

이렇게 땅이 변하듯 나라에도 갑작스러운 변화가 있었다. 갑오개혁에 이르러서야 정음이 나라의 문자로 공인되었다. 하지만 얼마 되지 않아 더 고약한 감옥에 감금당할 운명에 처하게 되었다.

양복이 완전히 젖어 버린 김태준은 범람하는 빗물을 쳐다보며 고옥 처마 밑에 서서 생각에 잠겼다. 비록 지금 갑자스러운 폭우로 개천이 넘치고 거리마다 진창이고 사람들은 우왕좌왕 어쩔 줄 모르고 있지만, 언젠가는 이 탁하고 더러운 흙탕물은 땅으로 흡수되어 가라앉을 것이고, 강을 따라 서서히 바다로 흘러가리라는 것을 그는 의심치 않았다.

다음 날 김태준은 경성역으로 향했다. 이른 아침이라 거리가 한산했다. 여전히 질퍽거리는 땅을 조심스럽게 한 걸음 한 걸음 꾹꾹 누르며 남대문을 지나갔다. 왠지 자신이 내딛는 발걸음에 대지가 힘을 보태 주어 발바닥에서 뿌리가 돋아나는 느낌이었다. 그간 어두워진 마음이 밝아지고 있었다.

의외로 모든 건 찰나에 이루어지는 법이다. 기다렸던 시간이 오래든 짧든, 귀한 목숨이건 무정한 사물이건, 한순간 끓어오르고 한순간 정착된다. 이번 일도 그럴 수 있다는 생각이 스쳐 갔다.

'만약 이용준이 말했던 고서가 실록에 언급된 그것이라면……'

한 줄기 빛이 어둡고 거짓된 것들을 들추어내듯, 이 한 권의 책이 허황된 가설들을 모조리 한 방에 잠재울 수 있을 것이다. 진리가 그러하듯, 이 한 권의 책이 모두에게 빛을 선사할 수 있겠구나 싶은 생각이 들자 김태준의 온몸이 불덩이같이 뜨거워졌다.

경성역에서 기차가 움직이면서부터 그의 심장이 쿵쾅쿵쾅 뛰기 시작했다. 차창 밖으로 풍경들이 획획 스쳐 갔다. 산등성이도 지나가고 흐르는 강도 지나가고 논밭들도 순식간에 지나갔다.

사라져 가는 풍경을 바라보던 그는 문득 고향 운산이 떠올랐다.

갑작스레 그리움이 울컥 밀려왔다. 고향에 다녀온 지 너무 오래되었다. 그러나 나라가 사라진 조선인에겐 고향은 작은 것에 속했다. 나라 땅이 없는데 내 작은 뜰이 무슨 소용 있으랴, 하고 푸념하다가 별안간 다른 생각이 그의 머릿속에서 교차되었다.

역사라는 것도 기차 움직임처럼 이렇게 앞으로 나아가는 것일까, 아니면 나아가는 듯하지만 실은 원의 궤도를 반복하면서 순환하는 게 아닐까. 그렇다면 자신이 기대고 있는 유물사관에는 어떤 빈칸이 존재하는지도 모른다는 의문이 불현듯 일어났다.

그는 혼란스럽고 들뜬 마음을 가라앉히려고 눈을 감았다. 기차 바퀴가 규칙적이고 리드미컬하게 굴러가는 소리가 들려왔다. 기차가 다소 거친 쇳소리를 내며 덜컥거릴 때마다 그의 몸도 부드럽게 흔들렸다. 시간이 지나감에 따라 철컥철컥 쇳소리는 한층 낮은 소리로 차분해지고 누군가의 나지막한 속삭임처럼 바뀌었다.

어떤 서사가 그의 잠 속으로 사르르 스며들고 있었다. 얼떨결에 불멸의 존재가 되어 버린 광대에 관한 이야기였다. 어쩌면 기차가 만들어낸 요람으로 인해 저절로 풀려나오고 있는 건지 몰랐다. 혹은 산더미처럼 소장하고 있는 고서 중에 이미 읽었던 이야기인지도 몰랐다.

어떤 목소리가 느닷없이 그의 귓가에서 속삭이기 시작했다. 김태준은 비몽사몽의 경계에서 지그시 미소 지으며 중얼거렸다

'그러면 그렇지, 집현전 학사들이 고증하지 않았을 리 없지……

그들이 얼마나 출중했는데…… 바야흐로 정음이라는 진귀한 소리를 모아 귀한 누군가가 그들에게 하사했던 때였지…….'

광대 목구멍

 이팔삼은 꼬꾸라진 채 엎어져 있었다. 머리는 봉두난발이고 입은 반쯤 헤벌어지고 사지는 굳어 있었다. 물론 그의 목구멍도 바싹 붙어 버렸다. 팔도를 돌아다니며 온갖 사람을 흥겹게 위로하던 그것은 작동을 멈춘 달구지처럼 꿈쩍도 하지 않았다. 그러니까 그는 죽어 있었던 것이다.
 어처구니없는 일이었다!
 조선 팔도 최고의 소리 광대가 이렇게 죽다니, 하고 말하려다가 이팔삼은 소스라치게 놀랐다. 숨이 이미 넘어갔는데 이런 생각을 하고 있는 건 누구란 말인가. 게다가 놀라 자빠질 정도로 이 또렷한 의식은 또 뭣인고, 하는 의심이 들자 기분이 으스스해지고 온몸에 소름이 짜르르 도는 것만 같았다.
 어찌 되었든 간에 무슨 까닭인지 모르겠으나 이팔삼의 의식은

멀쩡했다. 아니 외려 평소보다 명료했다.

'어찌 이런 변을 당하게 된 거지?'

불현듯 타인에 대한 의심이 스멀스멀 일어났다.

'어떤 놈이 술에 독이라도 탄 것일까. 어떤 년 때문에 복상사라도 한 것일까. 혹 탐관오리 놈의 매질로 명이 끝난 걸까, 아니면 아무 데나 자빠져 자다 얼어 죽은 걸까.'

그에겐 이 모든 일이 가능했다. 하지만 아무리 생각을 쥐어짜도 그의 머리는 기억을 내주지 않았다. 기억에 없으니 연유를 알 수 없는 건 당연했다. 목숨이란 것은 순식간에 어떻게 될지 예측할 수 없다는 말만 그저 덩그러니 떠올랐다.

'아암, 그렇지. 접싯물에 코를 박고 죽을 수도, 돌부리에 걸려 넘어져 황천길로 직행할 수도, 또…… 또……'

그가 고개를 끄덕이려는 순간이었다. 누군가 그의 발을 잡아당기고 있었다. 이팔삼은 멈칫, 했다. 시방 여기가 옥獄이란 것을 알아챘다. 그 순간 뼈마디가 호두처럼 단단한 손아귀가 그의 사지를 곡식 포대 자루에다 쓸어 박았다. 그리고 종이를 꾸기듯 그를 자루에 쑤셔 넣고는 서둘러 달구지에 실었다. 그런 후 죄지은 놈 도망치듯 허겁지겁 내빼고 있었다.

이 또한 기겁할 일이었다!

이팔삼은 자신이 살아 있는 건지 죽어 있는 건지 확실치 않음에도 이 상황을 바라볼 수 있다는 게 요상했고, 먹어 치울 곡식이나 소나 돼지가 아닌데도 자신을 과부 보쌈하는 듯한 상황이 요상했다. 무엇보다도 이미 죽어서 뻣뻣해진 몸을 누군가가 원하고 있다는 게 괴이했다. 어쨌거나 그는 이 기괴한 짓들을 구경꾼이라도 된 듯 잠시 지켜보기로 했다.

이팔삼은 돌집이나 잔칫집이나 상갓집이나 가리지 않고 노래를 불러 주며 먹고사는 떠돌이 광대였다. 목구멍 하나만은 일품이고 키도 장대처럼 크고 사람 좋기로 이름난 자였다. 그가 누구를 적대시하거나 누구와 싸우거나 어디서 말썽을 피우거나 하는 따위는 전혀 없었으므로 사람들은 그를 '무탈'이라 불렀다. 하지만 이팔삼도 인간인지라 치명적인 약점이 있었는데, 아뿔싸, 그것은 술이었다.

이팔삼은 술을 마시기 위해 살았고, 술을 마시려고 일했다. 이상하게도 술만 마시면 세상이 넓고, 좋고, 만만하고 괜찮게 보였다. 제정신일 때는 세상이 더럽고 추악하고 불공평하고 구역질 나고 시시하게 생각하다가도 일단 목구멍으로 술이 들어가면 다르게 보이는 것이었다. 세상살이가 왠지 놀이처럼 여겨져서 억울해도 참을 만했고, 더러워도 좋았고, 냄새나는 놈조차도 싫지 않았다. 모든 건 저마다 곡절이 있겠지, 이빨을 쑤시며 중얼거리곤 했다. 남들은 그런 속사정도 모르고 술에 취한 이팔삼을 보면 쯧쯧 혀를 찼지만.

이런 요술이 어디서 오는지 이팔삼 스스로도 알 수 없었다. 어쨌든 그에게 술은 어디서도 찾을 수 없는 애첩이자 무엇과도 절대 바꿀 수 없는 애물단지였다. 그러나 비극이 흔히 그러하듯, 이팔삼의 불행은 그가 가장 사랑하는 것으로부터 시작되었다.

얼마 후 그가 도착한 곳은 으리으리한 기와집이었다. 궁궐 같기도, 대감댁 같기도 했다. 마당 곳곳엔 횃불이 훤하게 타오르고 있었고 관복 입은 자들이 대청마루에서 서성이고 있었다. 달구지가 도착하기 무섭게 그들이 우르르 버선발로 달려왔다. 그러고는 심각한 얼굴로 바닥에 놓인 포댓자루를 내려다보았다. 그자들은 곧 머리를 한데 모으고는 시체인 이팔삼이 곡식 포댓자루에서 태아가 나오듯 꺼내어지는 모습을 주의 깊게 들여다보면서 흥미롭다는 표정을 지었다.

무리 중에 한 사내가 흥분되고 떨리는 듯한 목소리로 물었다.

"방금 죽은 자냐?"

"예. 그렇습니다."

"뭐 하던 자라 하더냐?"

"노래를 부르며 연명했던 자라 하옵니다."

"으흠, 소리 광대 놈이 죽어서도 한몫하게 되는군."

이팔삼이 보아하니, 답하는 자는 포졸이고 묻는 자는 갓을 쓴 자들이었다.

"그러면 연고자는 없겠군!"

횃불을 등지고 선 포졸이 고개를 끄덕였다. 그러자 땅바닥에 드리운 포졸 그림자가 커다란 도깨비방망이처럼 흔들렸다. 그 형상이 두렵고 섬뜩하여 이팔삼의 뼈들이 우들우들했다.

 게다가 어느새 달빛이 강해져 비추는 곳마다 샛노랬다. 사람들 얼굴도 달걀노른자처럼 샛노랬다.

 노란 달빛 아래 갓 쓴 자들이 머리를 맞대고 저희끼리 비밀스럽고 흥분된 목소리로 소곤소곤 속닥거리고 있었다. 이상하게도 이팔삼 귀에는 그자들의 속닥이는 소리가 낱낱이 들려왔다. 듣자니 의견들이 분분했다. 이런저런 말들이 오갔으나 골자는 되도록 따끈따끈한 상태가 좋고 목이 말랑말랑하면 더 좋다는 것이었다.

 이팔삼은 자지러지게 놀랐다. 벌써 칼질이라도 당한 것처럼 얼굴이 샛노랗게 질렸다. 괘씸한 나머지 욕질이 울컥 올라왔다.

 '이런 니미, 육시랄 놈들! 이놈들이 증말 사람괴기를? 제길, 그러믄 내가 딱 제격이겄지. 평생 술을 죽어라 마셔 댔으니 몸은 말랑말랑할 테고, 평생 노래를 불러 댔으니 거기도 야들야들할 것잉게. 그러니 처먹고 싶다면 얼릉 처먹어라, 이 우라질 놈들아!'

 이팔삼이 욕을 바가지로 싸질렀다. 하지만 그가 그렇게 씨부렁거려도 이상하게도 그들은 표정이 담담했다. 아무 소리도 귀에 가닿지 않는 모양이었다. 외려 이 육시랄 놈들은 생각에 잠기는 눈치였다. 어쩌면 어느 부분부터 먹을까 고민하는지도 몰랐다.

 그러거나 말거나 이팔삼은 평소에 놀이판에서 소리할 때처럼 목근육을 한껏 부풀리며 떵떠떵 소리쳤다.

'얼릉, 얼릉, 서두르랑께, 이 염병할 것들아. 이래 봬도 나 이팔삼은 최상품이여. 실컷 마시고 마음껏 노래 부르며 훨훨 자유롭게 살았던 놈이닝께, 겁나게 맛있을 거여.'

그렇게 한바탕 싸지르고 나니 마음이 후련하고 우쭐해졌다. 그러나 웬일인지 갓 쓴 사내들은 여전히 그를 심각한 표정으로 바라보고만 있었다.

홀연 정적이 흘렀다. 달리던 말이 순간 허공에 앞다리를 들고 멈춰 서듯이.

잠시 후 흰 수염을 기른 자가 불쑥 나서더니 호령하듯 소리쳤다.

"냉큼 이자의 목을 자르라!"

포졸들이 즉시 네잇, 하며 고개를 꺾었다.

'어이쿠, 이건 또 뭣이냐!'

이팔삼은 놀란 나머지 비명을 크게 질렀다. 그러나 마당 곳곳엔 횃불만 타고 있을 뿐, 사위는 고요했다. 바늘 하나 떨어지는 소리도 들리지 않았다. 뿐만 아니었다. 갓을 쓰고 있는 자들은 굳어진 돌부처처럼 눈도 깜빡이지 않았다.

어디선가 음험한 그림자가 스르륵 나타났다. 그것은 어둡고 거대하고 살기등등했다. 그 백정 놈은 손에 번쩍이는 칼을 들고 있었다. 여기서부터 나 이팔삼은 이 부분에 대해선 말을 생략하련다. 별로 미학적이지 않으니.

"으윽, 으으 으으 어구구 구구구……."

갓을 쓴 자들이 단체로 비명을 토해 냈고 이어서 엇박자로 헛기침을 해댔다. 그러고는 머리를 한데 들이밀고 잘려진 물건 가까이 다가갔다.

그들은 이내 냉정을 되찾고는 총총한 눈빛으로 난도질 된 목 안쪽을 꼼꼼히 살펴보기 시작했다. 때때로 종이에 적힌 그림과 비교하면서.

이 짓거리를 바라보던 이팔삼은 목이 근질근질했다. 하지만 참았다! 그 대신 그도 질세라 틈바구니로 어깨를 비집고 들어가 자기 목구멍을 들여다보았다. 그러나 그걸 보면서 으악, 소리를 지르지 않을 수 없었다.

'헉! 생전에 저걸로 웬만한 짓을 다 하지 않았던가? 먹고 마시고 말하고 욕하고 노래하고 사랑하고. 헌데 젠장! 이런 살점에 불과한 것이었다니.'

암만해도 이팔삼은 혼란스러웠다. 그간 뭔가에 속고 살아온 것만 같았다. 이그그, 속아도 완전히 속았구나 싶었고, 조선 팔도 최상급 목청도 별것 아니었네 하는 실망과 한탄이 한꺼번에 쏟아져 나왔다. 그는 자신의 잘린 물건을 내려다보며 쯧쯧 혀를 찼다.

제길, 목구멍은 그저 목구멍일 뿐, 돼지 것과 내 것이 다르지 않구먼, 하고 뇌까리려다가 그때 뭔가 묘하고 찌릿한 것이 스쳐 갔다. 돈이돈수 어쩌고저쩌고 뭐 그렇고 그런 부류의 것이었다.

'아암, 그렇지. 저것은 내가 아니지, 아니고말고! 저 살점, 저 목구녕, 저 몸뚱이는 내가 아니여. 잠시 나라고 착각한 거짓된 나이겠지. 긍께 세상은 그림자 세상이었던 거여.'

이팔삼의 귀에는 자기가 내뱉은 말이 너무도 그럴듯하게 들려왔다. 감동이 절로 밀려왔다. 맞는 말인지 틀린 말인지 모르겠지만. 설사 알았다 해도 너무 늦었지만.

여하튼 간에 까닭은 알 수 없으나 갓 쓴 놈들이 다급하게 그의 목구멍이 필요한 모양이므로 이따위 개똥철학으로 그들을 방해하지 않도록 자제하기로 했다. 더구나 망할 놈들이 무슨 해코지를 더 해댈지 예측불허였으니.

좀 더 신중해진 이팔삼은 머리를 조아려 자기 물건을 한 번 더 들여다보았다. 그런데 이게 웬일인가! 칼이 지나간 자리엔 살점과 힘줄이 잘려진 무늬들이 박혀 있어 아무리 들여다봐도 그의 눈에는 그저 부드러운 살코기 같아 보였다.

그러나 갓 쓴 자들은 그런 것들에 관심이 있는 게 아닌 듯했다. 무엇 때문인지 몰라도 그들은 몹시 긴장해 있었고 뭔가에 겁나게 심각했다.

그가 머리를 굴려 짐작해 보건대, 이놈들은 잘려진 이팔삼의 목구멍을 들여다보기 전, 이미 돼지의 그것을 들여다본 듯했다. 자기처럼 놀라기는커녕 돼지 목구멍이 그려진 그림을 연신 들여다보며 비교하는 짓을 되풀이했기 때문이다.

'니미 염병할 놈들! 이리 간단한 이치도 몰라서 사람의 목을 베기로 했단 말인가? 돼지 멱따는 소리야 꿀꿀꿀 크크크 정도이겠지. 입술을 가진 사람에게서 나오는 소리가 어디 돼지들에게 있었는가! 부드럽고 가볍고 유순하고 깊고 오묘하고 다양한 소리가?'

그렇게 말하는 순간, 번개 같은 섬광이 번쩍 이팔삼의 돌머리를 치고 지나갔다. 그는 그제야 갓 쓴 사내들이 왜 이 짓을 하고 있는지 깨달았다. 이런 제기랄! 그가 소리를 지르기가 무섭게 기다렸다는 듯이 흰 턱수염을 기른 자가 나서더니 근엄한 어조로 말하기 시작했다.

"천지자연에 소리가 있으니, 거기에 상응하는 문자가 있다고 하오. 그러므로 오음伍音은 이러하다오."

장독 속에서 울리는 듯한 제법 무게 있는 목소리였다.

"으뜸이 되는 목청소리는 목구멍 깊숙한 곳이니 깊고 윤택하고 허하고 통한다고 했소이다."

다른 이가 시조를 읊듯이 느릿느릿 대꾸했다.

"과연 유유히 흐르는 물과 같고 봄을 준비하는 겨울의 깊음이구려."

옳거니 하고 맞장구쳤던 자가 얇고 긴 막대기로 이팔삼의 목젖을 건드렸다. 이팔삼은 자신의 거기가 또 간질간질해졌다. 하마터면 재채기할 뻔했으나 그때 등 뒤의 누군가가 그를 제지했다.

"야, 야, 착각하지 마! 넌 이미 죽은 몸이야, 인마."

'어이쿠, 그렇구나!'

이팔삼은 저항도 없이 순순히 목구멍을 아앙 크게 벌려 주었다.

어떤 고약한 놈이 감히 그런 모욕적인 말을 던졌는지 살펴보지도 못한 채.

그렇지만 곧 이팔삼은 부아가 치밀었다. 또한 수상쩍은 의심이 뱀처럼 퍼뜩 고개를 들었다.

'대체 어떤 놈이야?'

이팔삼이 크게 소리를 지르며 뒤를 돌아다보았다.

그의 바로 등 뒤에는 괴상한 의복 차림에, 기이한 상판대기에다, 눈알은 마치 호랑이 눈깔만큼 부리부리한 놈이 팔짱을 끼고 도깨비 장승처럼 우뚝 서 있었다. 얼굴은 상여 앞에 붙어 있는 꼭두 같기도 한데 전체적으로 아리송한 인상이었다. 얼굴색은 약간 불그스름하고 약간 파르스름하고 매우 노르스름했다.

"으헉, 댁은?"

"그리 놀라진 말게. 저승을 여행하는 이승 차사도, 이승을 여행하는 저승 차사도 아닐세."

"뭔 소리여?"

"그간 자넬 아끼고 돕고 보호하며 지켜보다가 이제야 모습을 드러내는 자네 영혼이란 말일세. 자아, 잠자코 저들이 하는 행동이나 살펴보자고. 알겠나?"

그 말이 무슨 말인지 통째로는 이해가 안 되었지만 그래도 대충은 그럴듯하게 들려와 이팔삼은 일단 머리를 끄덕여 주었다. 세상에는 이해할 수 없는 일이 한둘이 아니었으므로.

한편 갓 쓴 자들은 신나는 경극이라도 하듯 이리 왔다 저리 갔다 부산스럽게 움직이고 있었다. 눈을 번뜩이며 뭔가를 종이에다 적고, 들여다보고, 또 보고, 열띠고 흥분된 분위기였다. 그들은 심각하다 못해 땀을 뻘뻘 흘리고 있었다.

머릿수는 많지 않았다. 기껏해야 손가락 다섯 이내였다. 갓을 쓴 걸 보면 선비입네 하는 자들임을 쉬이 알 수 있었다. 가까이서 보니 아까는 미처 알아채지 못했지만 그런대로 진지해 보이고 반듯하고 성실해 보였다.

하지만 이자들이 아앙 입을 벌려 주는 내 덕을 알려는가, 왠지 괘씸하고 섭섭한 마음이 일어났다. 다른 한편에서는 어차피 죽은 몸인데 아무려면 어쩌겠는가 하는 넓은 마음도 함께 일어났다. 양쪽을 잠시 저울질해 보던 그는 생전의 습관처럼 너그러운 쪽으로 기울어졌다.

이팔삼은 입을 한껏 크게 벌려 주었다. 그러자 그의 등 뒤에서 그림자 남자가 고개를 끄덕였다. 말을 잠시 멈추고 있던 흰 턱수염도 이어서 고개를 끄덕이더니 진중한 목소리로 말하기 시작했다.

순서가 정해졌는지 흰 수염이 앞서 선창했고 넷은 머리를 조아렸다. 갓 쓴 자들은 이런 행동을 예의라고 여기는 모양이지만 이팔삼 눈에는 쓰잘데기없는 짓을 쓸데없이 너무 많이 추가하는 듯 여겨졌다. 그럼에도 그는 흰 수염이 하는 말에 바싹 귀를 기울였다.

"어금닛소리는 어금니를 꾹 깨물 때의 느낌처럼 착잡하고 길어서 소리가 야무지고 실하오. 물 위에 자라는 나무요, 겨울 다음에 오는 봄이요, 봄을 부르는 동쪽이요, 음악으로는 각음角音이라오."

'어금닛소리?'

이팔삼은 고개를 갸웃했다. 어금니야 뭐 그도 잘 알고 있었다. 생전에 고것이 얼마나 바위만큼 튼튼했는지는. 하지만 어금니가 봄이니 동쪽이니 각음이니 그런 귀신 씻나락 까먹는 소리는 당최 알아먹을 수 없었다. 어금니라는 건 그저 고기를 찢어 먹고, 씹어 먹고, 분이 나면 부드득 악물거나 뽀드득 갈아 대는 입속에 든 자갈이라는 것밖에는.

생전 처음 듣는 소리이기에 이팔삼은 호기심이 동했고, 흰 수염의 알쏭달쏭 짓거리에 더욱더 귀를 기울여 보고 싶어졌다. 그러자 흰 수염이 고개를 끄덕거렸다. 마치 이팔삼의 말을 엿듣기라도 한 듯이.

"예, 진정 그러합니다."

그가 큰 소리로 말하자 다른 자들도 머리를 조아리며 목을 끄떡였다. 이윽고 흰 수염은 눈을 지그시 아래로 깔고 수염을 어루만지며 만족스러운 어투로 말을 이어 갔다.

"혓소리의 혀는 예민하게 움직이는 기관으로 구르고 날림이 특징이니 불과 같고, 계절로는 여름이고, 방위로는 남쪽이며, 음악으로는 치음徵音이오."

말을 끝낸 흰 수염이 침을 꿀꺽 삼키고는 잠시 부동했다.

'또 뭐? 혀라고?'

이팔삼의 머리칼이 쭈뼛했다. '혀'라는 요물은 생각만 해도 진저리가 쳐졌다. 노래만 불러 주면 될 것을, 술이 쬐끔만 들어가도 그의 혀는 참지를 못했다. 그로서는 진언이라고 생각했지만 상대방은 그렇게 여기지 않았다. 어디 상대방뿐이었던가, 세상도 그의 진언을 원치 않았다. 따라서 곤장도 수없이 맞았고 삿대질도 무수히 당했다. 이번에도 이놈의 혀 때문에 옥에 갇히고 죽임을 당했으리라, 비로소 짐작할 수 있었다.

지금껏 세 치 혀로 거짓부렁을 만들었으며 아낙네도 많이 울렸으니, 이래 당해도 싸다 싶었다. 그래도 흰 수염의 말 중에 혀가 불과 같다는 말엔 손뼉을 치고 싶었다. 또 혀가 예민하게 움직이고 구르고 날고 한다는 말까지도 수긍할 수 있었다. 하지만 혓소리가 여름이고 남쪽이고 음악으로는 치음이라는 말은 아무래도 허풍처럼 들렸다.

대체로 갓을 쓴 자의 말은 늘 이처럼 수상쩍고 허황되고 허무맹랑한지라 생전에 이팔삼은 신뢰하지 않았다.

어느덧 밤은 깊어갔다. 조금 전만 해도 샛노랬던 달은 붉은빛을 발하고 있었다. 그리고 웬일인지 이팔삼의 기력은 아까보다 쇠해지고 있었으나 그에 비해 갓 쓴 자들은 조금 전보다 기운이 왕성해지는 듯했다.

그들은 여전히 머리를 한데 모으고 들여다보고, 종이에다 적고,

그림과 비교하고, 서로 소곤거리고, 연신 고개를 끄덕이고, 감탄에 찬사를 더하며 열띤 분위기로 일하고 있었다. 행동거지도 진지했다. 그들 태도에는 어딘가 신중하면서도 감동을 자아내는 데가 있었다.

넷이 뭔가를 적는 일을 끝내자 흰 수염이 또 선창했다.

"잇소리가 나오는 이는 단단하면서 부러지기 쉬운 기관이라 부스러지고 걸림의 소리 성질을 가졌으니, 마치 쇠와 같소이다. 풍성한 결실이되 떨어지기 쉬운 가을과 같으므로, 방위는 서쪽이고, 음악으로는 상음商音이오."

어디선가 수탉 울음소리가 들려왔다.

그 소리에 놀라 그들 중 젊은 선비가 손에 든 두루마리 종이를 놓쳤다. 붓으로 적은 글들이 펼쳐지고 사람 목구멍이 그려진 도면이 드러났다. 그러자 다른 이들의 눈길이 일제히 그에게 쏠렸다. 젊은 선비는 당황스러운 몸짓으로 얼른 도로 집었다. 그는 두루마리 종이가 소중한 문서라도 되는 듯이 품에 안고 정중하게 절을 했다. 다른 이들도 그의 절을 되받아서 허리를 굽혔다. 그들 사이에 어떤 침묵의 교신이 이루어졌다. 그런 후 곧장 다섯 사내는 옷깃을 여미고 하던 일로 돌아가 서로에게 집중했다.

"입술은 모난 것이 나란히 합해지니, 넓고 큼을 머금을 수 있는 소리의 성질이 마치 흙과 같소. 한결 결실로 나아가는 늦여름이요, 모든 방향을 함축하는 중앙이요, 음악으로는 궁음宮音이오."

흰 수염의 이야기를 들으면서 이팔삼은 자기 입술을 만지작거렸다. 새삼스레 자신이 대단하게 느껴졌다.

'참말로 고런 신비스롱 것들이 내 입속에?'

이팔삼이 양쪽 어깨를 으쓱했다. 그 순간 묵묵히 있던 그림자 같은 존재가 바싹 다가와 이팔삼의 올라간 어깨를 누르며 말했다.

"그리 감동하지는 말게나. 자넨 이미 죽었으니."

또 그였다! 자신을 그의 영혼이라고 자칭하는, 정체불명의 이자는 이팔삼의 도취에 찬물을 끼얹고 그의 착각을 아프게 꼬집었다. 그런데 어찌 된 일인지 놈에게 욕사발을 퍼부어 대려는 순간, 적개심은커녕 갑자기 그의 가슴이 콩알처럼 쪼그라들고 사지에 힘이 사그라지면서 몸이 깃털처럼 느껴지는 게 아닌가!

이팔삼은 겁이 덜컥 났다. 몸만 아니라 정신이 혼미해지고 마음에 힘이 모여지지 않고, 모든 게 집채 무너지는 듯하여 그는 뭔가를 잡거나 누군가를 붙들고 늘어지고 싶어졌다. 저자가 혼령인지 꼭두인지 누구인지 상관없이.

"여보쇼, 내 뭘 모르고 살았구려. 진즉 그 신묘한 것들이 내 입 안에 있다는 걸 알았다면 더 멋들어지게 노래를 부르다 갔을 텐데, 못내 아쉽구려. 혼령께서 힘을 좀 써 주면 안 되겠소? 내 보답하리다. 다시 소리를 할 수만 있다면 말이오."

이팔삼은 허공에 두 손을 높이 들고 항복하는 자세로 간청했다.

"이것이 끝이라면 얼마나 끔찍한 일이오?"

이팔삼이 말을 끝내자마자 건방진 그자가 껄껄껄 웃었다. 약간의 동정이라도 기대했건만 그자는 허리를 젖히며 웃어대더니, 중지를 높게 세우고 이팔삼 코끝 가까이 다가왔다.
"이봐! 시방 억울하다고 여기는 모양이군. 자네 처지에서 보면 그럴 수 있지. 갑자기 돌연사로 죽었거나 천벌을 받아 죽었거나 술 먹다 비명횡사했다고 생각할 테지. 아닌가? 허나 죽음은 다 저승법에 따라 일어나는 걸세. 되짚어 보게나. 자네는 그 알량한 목구멍을 빌려준 탓으로 영원하게 되지 않았나? 자네 목구멍소리는 앞으로도 메아리칠 걸세, 영원히……."
"뭐, 뭐유? 내 목구멍이?"
그자의 '영원히'라는 한마디에 이팔삼 마음이 빵, 터져 버렸다. 미처 생각해 보지 못했던 말이었다.
이팔삼은 억울하기는커녕 기분이 팽팽해졌다. 그간 찌푸렸던 이맛살도 활짝 펴졌다. 마치 누군가가 머리 위에 빛나는 왕관이라도 올려 준 듯 그의 얼굴도 환해졌다. 이팔삼의 타고난 기질이 그러하듯 이번에도 뭐든지 받아 주는 허허한 마음이 저절로 우러나왔다.
이팔삼은 고개를 까딱이며 어깨를 으쓱거렸다.
'내 비록 죽었으나 무슨 상관이랴! 꽃이 사라져도 뿌리는 남고, 아니, 뿌리가 사라져도 씨앗은 남고, 아니, 아니, 그 모두가 사라져도 모든 것은 기억을 남길 터……. 내 목구멍쯤이야 무어 그리 대수롭단 말인가! 누군가를 위해서 보잘것없는 목구멍을 바칠 수 있

다니, 이 얼마나 좋은 일이냐!'

그는 그렇게 외쳤고, 춤이 절로 나왔다.

'얼쑤, 춤이 있는데 풍류가 빠질쏘냐? 세상 모든 소리들아 다아 모여라, 동동 콩짝콩 작은북, 두둥둥 쿵덕쿵 큰북, 덩덩 덩더꿍 장구, 당동딩 둥당둥 가야금, 휠릴리 피리, 청청청홍둥둥 양금, 모두 다아 울려 퍼져라.'

이팔삼은 생전처럼 시르렁둥당 뚱땅뚱땅 악기를 신명 나게 두드리며 마지막 소리를 질렀다. 그러자 수탉이 대꾸라도 하듯 꼬끼오, 시끄럽게 울어 댔다. 닭 홰치는 소리가 멀리 퍼졌고, 희끄무레하고 희끗희끗한 것이 하늘로 연기처럼 올라갔다.

밤하늘에 떠 있던 허연 달도 서서히 빛을 잃고 시들어 갔다. 동시에 동쪽에선 붉은 점 하나가 빼꼼 얼굴을 내밀더니 순식간 불덩어리처럼 하늘 위로 떠올라 세상이 환해지기 시작했다.

밤을 지새우고 난 학사들은 저마다 귀한 자료가 담긴 두루마리를 품에 안고 집현전을 나섰다. 이른 새벽, 바깥으로 첫발을 내미는 사내들의 머리 위로 찬란한 금빛 햇살이 쏟아져 내렸다.

정음의 기억

 계해癸亥년, 밤중의 밤. 기억의 형상으로 문자 꽃이 피어난다. 아, 나는 기억한다. 밤이면 밤마다 빛 같은 존재인 그가 찾아오곤 했다. 나는 그가 누군지 어떤 영혼인지 몰랐다. 사위는 어두웠고 나는 미숙했으므로.

 그는 오래오래 나를 들여다보았다. 눈길은 뜨거웠으나 호흡만은 언제나 고요했다. 십여 년간이라고 했다. 숫자에 의미를 둘 필요는 없으리. 그때 나는 태아처럼 사랑 속에 있었으니.

 새벽이 가까워 푸르스름해질 때까지 그는 정갈한 마음으로 뭔가를 종이에다 적어 넣었다. 기록을 위해선지 기억을 위해선지…… 왜 그런지는 알 수 없었다.

 검은 먹 향기가 사방으로 퍼져 나갔다. 먹을 머금고 거뭇거뭇해진 붓끝이 떨렸다. 숨을 죽이고 기다리는 한지 위로 가만가만히 형상들이 모여들기 시작했다.

 계해년 마지막 그믐날. 기억으로 가득 차 생명으로 발화하려는 시각. 내가 세상에 드러났고 그가 나를 명명했다. 밤의 어둠은 적막으로 되돌아가고 새로운 날의 빛들이 찬란하게 비추기 시작했다.

 순간 공기가 떨렸고 그 떨림이 증폭되었다. 마침내 생명을 얻어 냈다는 듯이……

 이 푸르고 푸른 행성에서는 살아 있는 모든 것들이 같은 법으로 묶이듯이 소리가 형상을 가지고 문자 꽃으로 피어났다.

 나에겐 어떤 힘이 깃들어 있었다. 아무것도 없는 무無에서 뭔가를 만들어 내고 다시 허공으로 되돌려 보낼 수 있는 마법이 숨겨져 있었다. 세상을 빚어낼 수도, 살아 있는 존재를 창조해 낼 수도 있었다. 또 헤아릴 수 없는 것들을 담기게 하여 인간을 붙잡아 맬 수도 있었고, 덧없이 흘러가는 것들을 이곳으로 데려올 수도 있었다.

 아, 나는 공기와 같고 대지와 같아, 누구나 나에게서 빛과 같은 생명을 얻을 수 있으리라.

한 권의 책, 해례본

천태산인 1940년 여름

 안동에 도착했을 때 날은 어둑해져 있었다. 김태준이 서둘러 논밭을 건너자 개가 컹컹 짖어 댔다. 따뜻한 불빛이 새어 나오는 초가집의 지붕 위로 연기가 피어오르는 모습이 눈에 들어왔다. 마을로 이어지는 논둑길을 걸어가면서 안동 땅이 고향처럼 자신을 반갑게 환영하는 듯한 느낌이 스쳐 갔다. 가슴이 뭉클해지고 발걸음도 빨라졌다.
 밤은 깊고 무더웠다. 여름 밤공기는 어둠을 끌어당기며 밤을 한층 더 깊고 고요하게 만들고 있었다. 그리고 그 고요함 속에는 무언가 신성한 기운이 잔뜩 웅크리고 잠복해 있다가 얼핏얼핏 빛을 반사하고 있는 듯했다.

밤이 깊어져서야 그는 이용준이 가져온 고서를 볼 수 있었다.

이용준이 조용히 방으로 들어와 고서를 내밀었고, 김태준은 떨리는 손으로 그것을 받았다. 가슴 깊은 곳에서 형언할 수 없는 감격이 솟구쳤다. 그는 울컥하여 제자의 손을 덥석 잡았다. 자기 손만큼이나 그의 손도 불처럼 뜨거웠다.

그는 큰 숨을 한껏 들이마시고는 곧바로 고서를 살펴보기 시작했다. 고서에선 등잔 그을음과도 같은 냄새가 났다.

시간 속에서 간헐적으로 깨어나는 듯한 아스라한 빛의 존재가 느껴졌다.

책의 문이 열리고 그 안에 켜켜이 쌓아 온 옛 정신이 발화하여 세상과의 교감이 막 이루어지는 찰나였다. 깊고 아련한 시간이 모래알처럼 흘러오는 듯했다.

그의 몸이 자꾸만 흔들렸다.

안동의 고서는 누렇게 바래져 있고 가장자리엔 손상이 있었으나 중간 부분은 온전했다. 앞에는 어제 서문이, 정인지 서문은 마지막 부분에, 그리고 중간 부분에는 예의와 해례가 있고, 한문으로 씌어 있었다. 그리고 각 장의 뒷면에는 붓글씨로 쓴 한글이 가득했다.

고서는 결장이 되어 있었다. 표지와 앞의 두 장은 사라지고 없었다. 전권 33장으로 목판본이었고, 예의 부분은 쪽마다 7행에 매 행 11자, 해례 부분은 8행에 매 행 13자, 정인지 서문은 매 행 12자로 되어 있었다. 그 끄트머리에는 정통 11년이라고 씌어 있었다.

실록에 언급된 해례본임에 틀림없었다!

오백 년 세월의 무게로 종이는 낡고 낡아 곧 떨어져 나갈 듯이 하늘거렸다. 김태준이 조심조심 한 장 한 장을 넘길 때마다 뜨거운 불길이 그의 등골을 지나가고 온몸에 소름이 오스스 돋았다. 한 자 한 자 읽어 내려갈수록 글자마다 빛이 서린 것만 같았다.

놀라움과 감탄이 그의 정신을 전율케 하고 있었다.

이 일은 상상을 뛰어넘는 것이었다! 그는 유물변증법적 시각으로 세상을 해석해 온 사람이었지만 이것만은 기적이 아니라고 말할 수 없었다. 억압이 하늘을 찔러 일어난 기적이었다. 이 암담한 상황에 조상이 자신의 서재를 열어 주었으니.

오랜 세월 숨겨져 있던 해례본이 마침내 세상에 드러나는 순간을 목도하면서 김태준은 이마를 찌르는 듯한 섬뜩함과 온몸을 휘감는 전율에 몸을 움직일 수 없었다.

나 같은 사회주의자에게 이런 일이 벌어지다니!

김태준은 불가항력에 휘말리는 듯 손바닥으로 얼굴을 자꾸 쓸어내렸다. 그의 행동을 오해한 이용준은 뒷머리를 긁적거리며 말을 더듬었다.

"그게…… 연산군 때…… 선조들이 겉장을 없애 버린 듯합니다."

왠지 그는 겁먹은 얼굴을 하고 있었다.

그의 변명이 이상하게 들렸지만 상관없었다. 누구의 소유였든 간에 오백 년도 넘게 숨어 있다가 고서가 나타나 준 것은 감히 뭐라 말할 수 없는 하늘의 은혜였다.

북벌에 성공했던 그의 선대에게 세종께서 직접 하사했다는 안동의 고서는 후손들에 의해 고이 간직되어 온 것이다. 짐작건대 세종이 이용준의 선대에게만 하사하지는 않았을 것이다. 당시 여러 관리들도 하사받았을 텐데, 어떤 이유에서인지 오직 이 해례본만이 생존하게 된 것도 알 수 없는 신비였다. 마치 해례본이 스스로 생명을 얻어 인간처럼 자유의지를 가지고 세상으로 걸어 나온 듯한 느낌에서 헤어나기 힘들었다.

김태준은 오래오래 고서를 들여다보았다.

그렇다, 아무것도 사라지지 않는다. 잠정적으로 사라질 수는 있어도…….

본시 해 뜨고 해 지는 것이 지평선과의 약속이듯이…….

먼먼 시간으로부터 이어지는 이름들을 떠올리며 그의 가슴이 메어 왔다. 갑작스레 두 눈에 물길이 만들어지고 그것은 주체할 수 없이 이어졌다. 그제야 옆에 무릎을 꿇고 있던 이용준도 덩달아 고개를 숙이며 울먹였다.

시간이 그다지 많지 않았다 다음 날부터 그들은 결장 된 첫 두 장에 대한 보사 작업에 들어갔다. 하루 내내 숨이 턱턱 막히는 불볕더위에 구슬땀을 흘리며 한지를 쇠죽솥에 넣어 푹푹 삶았다. 그런 후 목판본과 외관이 같아 보이도록 했다. 또한 종이가 낡아 각 쪽마다 배접하여 개장하였다.

애초에 김태준은 고서가 있는 그대로라도 괜찮다고 했으나 웬일인지 이용준은 겉장과 앞부분 두 장을 스스로 보사하기를 주장했다. 그가 그리 고집스럽게 우기는 연유는 이런 작업을 이미 여러 번 해 보았기 때문이라며 자신이 있다고 같은 말을 반복했다. 더구나 누군가가 나중에라도 할 경우를 대비하자면 자신이 가장 적격이라고 했는데 그의 끈질긴 주장에는 일리가 없지 않았다.

본시 해례본은 안평대군 필체로 쓰인 것이었다. 그런데 이용준은 일찍부터 서예에 조예가 깊었고 선전에도 입선했던 적이 있는 수준급 서예가였다. 아니, 놀랍게도 그는 안평대군체 고수였다.

이 절묘한 우연에 김태준은 섬뜩함마저 느껴졌다. 이용준도 그러한지 얼굴이 벌게져서 마치 열에 들뜬 사람처럼 움직였다. 조용하고 수용적인 성격인 그는 평상시와는 생판 다른 인물처럼 행동하고 있었다. 마치 서서 불타는 나무처럼 이용준은 필체를 모사하는 일에 흥분과 열기에 휩싸인 자신을 불태우고 있었다.

누구라도 이런 우연 앞에는 엎드리고 포복할 수밖에 없으리라. 하늘에서 구름 떼가 형성되는 것처럼 뭔가 이미 짜여진 시간에 그들의 혼이 영원히 붙들린 것이었으니.

김태준은 서둘러 경성으로 올라가야 했다. 경성콤을 마무리하지 못한 채로 떠나온데다가 보름달 얼굴의 남자에게도 속히 소식을 알려 주고 싶었다. 그가 얼마나 밝은 얼굴을 할지 생각만 해도 가슴이 벅차올랐다.

이용준은 고향에 더 머무르기로 했다. 용준의 처와 어린 아들도 오랜만에 지아비와 아버지를 만난지라 떨어지지 않으려는 눈치였고, 해례본도 여러모로 마무리해야 했다. 김태준은 경성으로 떠날 채비를 서둘렀다.

불현듯 어떤 간절함이 그의 내면에서 불처럼 일어났다. 떠나기 전에 누군가에게 꼭 절을 하고 싶었다. 사실 그는 모든 곳에다 절을 하고 싶었다. 이 고요한 안동의 땅에, 가문의 더없는 헌신에, 알 수 없는 시간의 신비에, 심지어는 억압과 적의에 찬 사건에도 절을 하고 감사의 예를 올리고 싶었다. 그래야만 할 것 같았고 그런 순간이 요구될 것만 같았다.

집안 어르신들이 입던 낡은 예복이 있다면 잠시 빌려 달라고 제자에게 부탁했다. 이용준은 퀴퀴한 벽장을 뒤져서 낡고 허름한 도포 하나를 가져왔다. 김태준은 그 겉옷을 걸치고 안동의 땅에 고개를 박았다.

절을 하고 일어나는 그는 학처럼 날아갈 듯한 마음이었다. 그 순간 문장 하나가 눈앞을 아른거렸다.

'역사는 아주 자그마한 일로 바꾸어지는 것!'

밤이 깊어 가도 그는 감격의 열기를 감당할 수 없어 머리라도 식힐 겸 밖으로 나갔다. 풀여치들 소리가 여름밤의 정적을 뚫고 마을 전체를 흔들어 대고 있었다. 하늘은 열려 있었고 뭇별들이 반짝였다. 막막한 밤하늘에 무수한 별들이 그야말로 찬란한 수를 놓고 있었다.

바로 그때 먼먼 시간대에 있던 별똥별 하나가 줄을 그으며 밤하늘을 스쳐 지나갔다. 그는 눈꺼풀을 깜빡거렸다. 그는 자신에게 중얼거렸다.

'칭찬을 보내는 걸까, 아니면 불길한 신호를? 하늘이 귀한 것을 내줄 때는 어떤 대가가 있을 텐데……'

김태준은 두려움에 불쑥 그런 의문을 품었다. 어쩌면 벅찬 기쁨 때문에 두려워하는지도 몰랐다. 어쩌면 이것은 시간의 순례자에게는 봉인된 비밀에 속하는 건지도 모를 일이었다.

보름달 얼굴의 남자를 떠올렸다. 가슴이 곧 둥둥거리기 시작했다. 그는 두 손을 높이 들고 감탄 어린 신음을 내뱉었다. 이것이 현실이 아니라고 어떤 말로도 설명할 수 없는 사건이 일어난 것이었다. 형용할 수 없는 경외심에 사로잡혀 그는 밤하늘을 오래 바라보았다.

김태준은 방 안으로 들어와 민첩한 동작으로 서둘러 짐을 챙겼다. 무엇보다도 신속하게 움직여야 했다.

그는 짐꾸러미를 닫기 전에 또 한 번 고서를 들여다보고 싶었다. 머리맡에 해례본이 있었다.

신전 앞에 선 자가 겸허한 자세로 몸을 숙이듯 머리를 깊이 숙여 해례본 첫 장을 조심스럽게 천천히 열었다. 옛 시간이 깨어나 그 안에 고요히 놓인 신성한 문자들을 흔들고, 그에 따라 그의 몸도 입술도 떨려 왔다. 그가 토해 내는 뜨거운 입김에 촛불이 흔들리고 두 손에 들고 있는 책 그림자도 가늘게 흔들렸다.

그리고 그 어둠 속에는 위대한 영혼이 글 모르는 백성을 가엾이 여겨 만들어 놓은 문자들이 불을 밝히고 있었다.

고이 간직되었던 것이 기적처럼 찾아오다니!

입속에 있던 소리가 글자로 생명을 얻었던 그 먼먼 시간 그때처럼…….

그는 또다시 목이 메어 왔다. 아, 하는 말이 새어 나왔다. 김태준은 형용할 수 없는 감정이 솟구쳐 이제 죽어도 좋다는 생각마저 들었다.

눈물이 고였다. 노모가 죽었을 때도, 아내와 아이가 한꺼번에 죽었을 때도 울지 않던 그였다.

다음 날, 희붐한 새벽녘 안동을 떠난 그가 경성역에 도착했을 때 마중 나온 사람들이 있었다. 일경에 의해 그가 체포되었을 때 쟁그랑, 쇠칼 소리가 그의 귀에 들려왔다. 어디선가 기척도 없이 맴돌던 시퍼런 칼날이 바싹 다가와 그의 목을 노리고 있는 광경이 김태준의 머릿속에서 또렷하게 그려졌다.

ㅎㅎ 호랑이

　서대문 형무소엔 호랑이들이 우글거렸다. 무엇보다도 호랑이가 아니면 이곳에 올 수 없었다. 토끼나 여우나 너구리나 돼지는 여기에 있을 수 없었다. 시대가 그랬다. 세월이 달랐다면 호랑이들은 어슬렁어슬렁 산신의 심부름을 하거나 못된 인간이나 잡아먹으면서 지냈을 테지만.
　바닥은 냉기로 싸늘하고 벽엔 핏빛 자국이 선명했다. 차디찬 벽돌엔 알 수 없는 글자들이 깊게 파여 있거나 빗살무늬 막대기가 그려져 있기도 했다. 사위는 어둡고 위태로웠다.
　오늘도 호랑이 하나가 죽었다. 서대문 형무소에선 흔한 일이라고들 했다. 살쾡이들은 과거를 깜빡했는지 원조에 대한 원한인지 숙명인지 알 수 없었으나 호랑이들을 몰살시키려는 계략만은 확고했다.
　옛적엔 호랑이가 한번 으르렁 울부짖으면 살쾡이 머리 따위는 단번에 산산조각 나 버린다는 말이 있었다. 그래선지 십여 년 전엔 호랑이 무리가 모여 만세를 외치기도 했다. 그러나 막상 튀어나온 건 어흥, 어흥 소리뿐이었다. 가죽이 뚫어지고 발톱이 뽑히고 심장에서 피가 쏟아져 나왔으니 도리가 없었다.

그때부터 호랑이 외침은 ㅎㅎ 속에 머물러 있었다. 호랑이들이 ㅎㅎ 울부짖다 하루하루 죽어 갔다. 노란 털과 술에 취한 듯한 눈동자와 맹렬한 기세를 가진, 오래오래 이 땅에 살아온 토종의 무리들이.

사실 옛적부터 호랑이들은 스스로 몸을 인간에게 바치기도 했다. 신부 가마 위에 드리웠던 호담이나 상여에 장식된 호상은 사소한 것에 불과했다. 호랑이 뼈는 병독과 발작을 멈추게 하여 풍병 치료에 쓰이고, 칠흑 같은 어둠 속에서 푸른 인광을 발하는 호랑이 눈은 마음이 산란한 환자에게 좋고, 호랑이 코는 미친병에, 이빨은 남자의 매독과 종기에, 수염은 치통에, 털가죽은 학질에, 오줌은 쇠붙이를 삼켰을 때 물에 타서 마시면 녹아 버린다고 했다.

살쾡이들이 그런 호랑이를 하루에도 수십, 수백 마리 죽였다. 죽은 호랑이 몰골은 참으로 처참했다. 멍들고 상처투성인 거죽이 너덜거렸고, 뼈라는 뼈는 죄다 으깨져 있고, 악물고 있는 입 주위는 시뻘건 핏자국으로 피칠이 되어 있었다. 입을 벌려 보면 말할 것도 없이 이빨도 혀도 없었다.

간교한 살쾡이 종족은 오래전부터 정음을 알아보았다. 그들은 죽음의 낫으로 우리 뿌리를 뒤집고 헤집고 드러내고 황토 흙을 파헤치고 이 땅의 정신을 갉아먹고 정음을 지상에서 찢어발겨 말마디마다 족쇄를 채웠다. 우우, 다시 돌아올 수 없는 심연으로 빠뜨렸다.

그러자 강산은 조각조각 갈라지고 마을의 우물은 바닥이 드러나고 사람들은 목이 타 마른 돌로 스스로 내리치며 울부짖었다. 우리의 호랑이는 어디에 있는가! 시간의 그물을 발톱으로 찢어 내고 성난 이빨로 물어뜯어 노오란 눈을 부릅뜨고 오백 년 잠에서 깨어나 달려 나오라!

부름을 들은 용맹 호랑이들, 산을 오르고 계곡을 돌아다닌 힘센 발톱으로 도달하지 못하고 끝내 이르지 못하더라도 뛰쳐나간다. 하지만 살쾡이 세상이라 날은 어둡고 흉흉하고 냄새가 비리다. 잔혹의 시대를 아는지 모르는지 총알들이 우박처럼 쏟아지고 악의는 하늘을 찌르고 살쾡이 무리가 그들을 쓰르뜨린다. 이빨이 뽑히고 혀가 잘리고 가죽이 벗겨지고 날이면 날마다 사멸당하는 호랑이들.

시간의 신은 더욱 무자비하여, 호랑이들이 가졌던 위엄도 스러지고 용기도 지워지고 정신도 무너뜨렸다. 무섭게 여위고 수척한 얼굴과 움푹 들어간 눈, 푸른 죄수복 안에는 너덜너덜해진 내장과 앙상한 뼈만 남았다 어떤 호랑이들은 내심 변심을 생각했고, 어떤 호랑이들은 정신이 혼란스러워져 쥐만 봐도 벌벌 떨었다.

서대문 형무소엔 인왕산 호랑이만 검거된 것이 아니었다. 생포된 호랑이들의 고향과 출신과 사연들은 다양했다.

모셨던 산신들이 각각 달랐다. 산신도 좌파와 우파가 나누어져 있었다. 그 시절엔 북쪽과 남쪽이 아니었다. 김태준은 사회주의자 산신을 섬기고 있었다. 봉건시대 껍질을 벗으려면 급격한 방식만이 가능하다고 믿었기 때문이다.

청동색 암흑

천태산인 1942년

　해가 언제 뜨고 언제 지는지 알 수 없었다. 서로 몸이 닿아서도 안 되고 크게 울어서도 안 되었다. 아무 일도 일어나지 않는 무덤에 있는 듯이 지내야 했다. 암흑 속에 홀로 깊이 박혀 있는 것만 같은 시간이 흐르고 있었지만 그래도 꿈은 꾸었다.

　꿈은 마포 어귀며 한강이며 저녁노을에 물든 언덕이며 진홍과 함께 쏘다녔던 시간들을 다시 연출해 주었다. 그러나 어떤 꿈은 청동처럼 무거웠다. 해례본에 관련된 꿈도 많았는데 어쩌다가 안동의 고서를 잃어버리는 바람에 화들짝 놀라 깨어나곤 했다. 그럴 때면 하루 종일 암울한 늪에서 끝없이 허우적거렸다.

　일경의 심문에는 저마다 정해진 순서가 있었다. 경성콤 조직에 대한 추궁으로 시작하여 회유로 우회하다 폭언으로 이어지다가 종국엔 폭행으로 끝냈다. 이상하게도 폭력을 행사하는 자들은 무엇 때문에 구타를 시작했는지 이유를 잊어버릴 때가 많았다. 막다른 골목에 이르게 되면 폭행하는 자나 폭행을 당하는 자나 서로를 견딜 수 없게 되고 양편 모두 제정신을 잃어버리는 광기를 반복했다.

저들은 침묵을 못 견디었다. 어떤 말이냐, 누가 그 말을 했느냐, 어디서 들은 말인가 따위의 물음으로 끊임없이 추궁했다. 거짓인지 날조된 진실인지 상관없었.

행위를 증명하는 증거로 말을 중요시한다는 것, 포악한 곳에 종사하는 사람들도 그토록 말의 무게를 믿고 있다는 사실이 놀라웠다. 이따금 말을 유도하기 위한 전략으로 지금 당신네 국어가 무어냐 묻기도 했다.

김태준은 무심한 척했어도 비참하게 흔들렸다. 안동의 고서를 떠올리기도 했으나 외려 불안만이 증폭되었다. 그의 항해는 이념의 그물에 엉키고 멈추어 버려 안타깝게도 정지되어 버렸으니.

때때로 김태준은 보름달 얼굴의 남자에 대해 생각하곤 했다. 그가 기다릴 것을 생각할 때면 속이 애타게 끓었다. 감금된 시간이 길어지면서 점점 심신이 망가지고 정신도 피폐해지고 있었다. 과연 이 청동색 암흑에서 빠져나갈 수 있을지도 오리무중이었다.

조선어학회 사건으로 체포되어 수감된 어학자들이 겪는 수난도

엄청났다. 들려오는 소문마다 지옥의 소식이었다.

조선어학자 가운데 으뜸이며 곧고 반듯한 이윤재 선생이 고문받다가 사망했다. 조선어사전 편찬에 평생 헌신하셨던 한징 선생님도 태형을 받은 후 이유 없이 복통으로 함흥 감옥에서 죽었다. 조선어학회 회원이며 경성대학 출신이자 김태준과 함께 경성콤에 연루되어 잡혀 온 오주선 선생은 일주일 전에 목을 매고 죽었다. 이 외에도 그간 크고 작은 희생과 투쟁들이 무수히 많았다. 큰 투쟁에선 전우를 잃어버리고 작은 투쟁에선 희망을 잃어버렸다. 일어나는 사건마다 피가 끓었다.

심문에서 풀려날 때마다 얼마나 이를 악물었는지 턱 주위가 얼얼했다. 가슴에 통증이 일었고 죄책감도 밀려왔다. 그럴 때면 자신에게 다짐하듯 되뇌었다.

'어두울 대로 어두워진 암흑에서 벗어나 우리말이 주재하는 시간에 이를 때까지 인내하며 기다려야지. 해례본만은 절대 뺏기지 말아야지.'

그러나 안팎의 상황이 결코 만만치 않았다. 선전포고가 선언되었고 일제는 사사건건 나라를 죄어 오고 있었다. 생으로 살이 썩어 들어가는 듯한 날들이 계속되고 있었다. 예기치 않게 옆 감방에 안준구 선생이 있다는 소식을 듣게 되었다. 그는 조선어학회의 중추적 인물이었다. 하지만 서로 만날 기회는 없었고 종이나 도구도 없었기에 어떤 식의 교류도 불가능해 보였다.

막막한 심정에서 고안한 것이 한글을 전신 부호처럼 만들어 보내는 방식이었다. 한글 자음과 모음을 따로 배치하고 순서를 만들어 가지고 있다가, 저녁 식사 때 배급되는 노란 조밥덩이와 시커먼 산나물이나 단무지가 담긴 양은 도시락을 손가락으로 치고 멈추고를 반복하는 식을 시도했다. 그러나 감방엔 소음이 많아 부정확할 때가 많았다.

궁리 끝에 찾아낸 방식은 쇠창살 파이프를 이용하는 것이었다. 감옥 창살을 가로지르는 쇠 파이프 하나가 속이 비어 있다는 걸 알아내고는 그것을 두드리며 암호를 주고받을 수 있었다. 잘 있는지, 아프지 않은지, 소소한 의사를 전달하는 정도였어도 그들은 너무도 기뻤다. 악몽 같은 현실에서 둘 다 남모르게 집중할 일이 생기고 한글에 대한 열정이 피어났다.

이 암호 교류는 그들에게 특별한 시간을 선사했다. 한글이 만들어진 과학적 비법에 놀라기도 하고 감격하기도 하면서 시간은 다른 색깔을 띠기 시작했다. 짤막한 전달에서 어떻게 하면 긴 문장을 만들어 볼까 궁리하면서부터 감옥 생활이 그다지 끔찍하지 않게 여겨질 정도였다.

그러던 중 어느 날 갑자기 그로부터 소리가 들려오지 않았다. 김태준이 몇 번이나 암호 메시지를 보내도 아무 반응도 돌아오지 않았다. 허락된 기쁨이 여기까지라고 누군가가 종을 치는 듯도 했다. 모든 것에는 종말이 있다는 생각도 뒤늦게 스쳤다.

간수에게 뇌물도 주고 애걸복걸도 하며 소식을 구걸했다. 아니나 다를까 가슴이 무너지는 소식을 듣게 되었다. 안 선생이 워낙 허약한 체질이라 염려하지 않은 것은 아니었지만 그렇게 빨리 갈 줄은 미처 몰랐다. 죽음이 본시 그러한 것임을 모르는 바도 아니었지만 절망으로 다시 굴러떨어진 것만 같은 심정이었다.

김태준은 상황에 대해 심각하게 고민하기 시작했다. 안동의 해례본만은 꼭 해결하고 죽어야겠다는 각오가 굳어져 갔다. 그것은 안 선생의 죽음이 주고 간 냉철한 메시지이기도 했다. 다음 순간에 어떤 일이 발생할지 알 수 없는 곳에 있었으니.

그간 심문에 시달리는 바람에 몸이 상당히 쇠잔해진 상태였다. 어차피 어디서 죽으나 마찬가지라면 승부를 걸 만도 했다. 더욱이 별다른 증거도 없이 감옥에 처넣었으니.

식사를 거부하기로 했다. 처음에는 정신이 맑아지는 느낌도 없지 않았다. 그러나 곧 육체는 정신을 비웃기나 하듯 무섭게 야위어 갔다. 뼈가 드러나고 얼굴도 거뭇거뭇해졌다.

엉뚱하게도 감방 죄수들이 술렁댔다. 그들은 사사건건 개입하고 회유하고 참견했다. 이해를 바라지도 않았지만 적의는 받아들이기 괴로웠다. 초기엔 등 뒤에서 웅성대고 기웃거리며 그의 의지를 파멸시키고자 거친 말을 휘두르기만 했지만, 점차 빈정거림의 강도가 심해져 갔다.

"배웠다고 그리 티 내고 싶소?"

"아따 저만 사상관계자인가, 우린 뭐 짐승이라 받아먹는 줄 아슈?"

"어차피 죽으려면 빨리 가라고 그려야."

누가 아군이고 누가 적군인지 분간이 되지 않았다. 그들은 그의 옷가지를 감추고 농간을 피우고 원숭이처럼 날뛰었다. 김태준도 소리를 버럭버럭 질러 댔다. 분노가 차면 용변을 감방 벽에다 문지르기도 했다.

"우쩌, 제정신이 아닌가 벼."

"왜 저런다냐? 먹어도 살까 말까 헌데."

감방 죄수들도 간수들도 점점 그를 미친놈 취급했다. 김태준은 내심으론 자기의 행동에 대한 보고가 고등경찰과 주임의 귀에 들어가기를 고대하고 있었다.

어떤 경우엔 바깥의 적보다 내부의 적이 더 치명적이었다. 어찌 보면 『조선민란사화』 저서를 쓰다가 알게 된 사실을 눈앞에서 목격하는 것만 같았다.

조선시대 민란들은 우발적이라 와해되기 일쑤였고, 결말은 조직 내의 배신으로 끝나는 예가 많았다. 성취에 이르다가도 사소한 유화책으로 항거가 시들어지거나 패퇴하곤 했다. 천 가지, 만 가지 착취가 그들을 찍어 누르고 압박하는데다가 그들 마음 깊숙이에도 지배층의 이념이 녹아 있어 봉건사회가 부여한 의식에서 벗어나기는 실로 어려운 일이었다.

한편 그는 밤이면 이해가 되지 않는 꿈들을 꾸었다. 더욱 이해하기 어려운 것은 바로 자신이었다. 평생 꿀 수 있는 꿈들을 감옥 철창 안에서 전부 소진할 만큼 밤마다 꿈을 꾸는 자신이 이상했으며, 그것도 가장 괴로운 시간에 꿈이 그토록 자주 방문한 사실도 믿기지 않았다.

더구나 자신은 자타가 공인하는 유물론자이자 실증주의에 충실한 사람인데도 불구하고 그의 꿈은 늘 몽환적이었다. 이 모두가 불가사의했다. 원래 꿈이란 수수께끼와 같은 질료로 만들어졌는지도 모르겠지만.

어떤 꿈은 생의 화두를 짊어지고 있는 듯했다. 확실치 않았지만 그렇게 느껴졌다.

어딘가를 헤매다가 사람들을 만났는데 다들 뭔가를 짊어지고 우왕좌왕하고 있었다. 가까이 가보니 모르는 사람들이었고 꼽추였다. 그들은 그에게 매우 화가 나 있었다. 그래선지 난데없이 다가와 굽은 등을 비벼댔다. 그러자 거기서 책들이 우르르 떨어졌다. 순간 해례본이 거기에 들어 있지 않을까 하는 생각이 스쳐 지나갔다. 얼른 그것들을 받으려 했다. 그러나 그의 손이 닿는 순간 책들이 가루처럼 바스러지더니 손가락 사이로 빠져나가 사라지는 게 아닌가! 그는 깜짝 놀라 손바닥을 들여다보았다. 빈손이었다. 문득 주변을 둘러보니 아무도 없는 들판에 자신만 덩그러니 서 있었다 고독감이 밀려왔다.

낮이면 진홍을 많이 생각했으나 그리움은 오래 지속되지 않았다. 죽기 전에 안동의 고서를 보름달 얼굴의 남자에게 온전하게 전달해 주고 조선어학회에도 알려야 한다는 집념만이 돌처럼 단단해져 갔다. 죽은 안 선생의 말을 생각하며 형무소 바닥에 누워 있는 시간이 길어졌다.

진홍의 면회가 거절되고 계속되는 단식으로 뼈만 남아 조금만 움직여도 덜거덕 소리가 들려왔다. 그는 아무래도 여기서 죽을지도 모른다는 비관적인 생각에 점점 빠져들고 있었다.

말

 사람들은 늘 묻는다. 너는 누구냐고. 내게 전적으로 의지하며 살고 있으면서 실상 나에 대해서 모르는 듯하다.

 이곳 사람들만 그런 건 아니다. 다른 기류가 흐르는 땅이나 바다가 없는 대륙에서도 그러하다. 어느 사막에선 내가 분열을 일으키는 바벨탑이라 비난한다. 나 때문에 살인하고 전쟁을 선포하면서 투덜댄다. 또 어떤 사람들은 온 생을 바쳐 꿈을 투사하다가 내가 해탈을 가로막는 불립문자라고 폐기 처분하기도 한다. 그럼에도 종국엔 모두 같은 물음을 던진다. 너는 누구냐고.

 나도 내가 누구인지 모른다. 입술에 붙어 서로의 고개를 끄덕이게 하거나 서로에게 주먹을 휘두르거나 하게끔 하고는 있지만.

 대체 나는 어디에서 온 것일까……

 나는 바람? 아니, 혀의 움직임이고 목구멍에서 나오는 공기다. 아침에 해를 뜨게 하고 밤이면 달이 뜨게 하는 힘이다. 손이 없어도 사물의 형상을 만들 수 있고, 다리가 없어도 먼 곳까지 갈 수 있고, 뼈가 없어도 거대하게 성장하며, 무기가 없어도 인간을 살인할 수 있다.

그러나 나의 실체는 그림자이다. 인간 없이는 존재하지 못하니까.

영원히 제거할 수 없는 그림자인 나와 인간을 과연 구별할 수 있을까?

인간과의 약속으로 연명할 수밖에 없음에도 나는 나만으로 이루어진 세계로 그들을 장악하고 지배하고 있는데…….

암글

 첫날부터 이러쿵저러쿵 말들이 많았다. 축복은 없고 저주만 있었다. 어떤 이들은 비웃고 어떤 이들은 수군대고 또 어떤 이들은 적개심을 가지고 나의 탄생을 멸시했다.
 문살에서 태어났다는 주장도 있었고 이방인 핏줄이 섞였다는 추측도 있었다. 대체로 모계 쪽을 의심했다. 몽골 파스파, 인도 산스크리트, 이런저런 이방어를 들이밀며 쑥덕거렸다.
 마치 나의 세계를 다 알고 있는 것처럼! 내가 태어나려는 때를 본 것처럼! 대단한 학자일수록 더 야단법석이었다.
 부분을 아는 이는 있었지만 전체를 아는 자는 없었다.
 왜들 그토록 출신을 중시하는지, 뭣 땜에 당파, 이념, 명분을 그렇게 좋아하는지, 재앙도 끝이 없고 혼란도 끝이 없었다.
 오오, 이러한 무시들이 겹겹이 쌓여 나의 숙명으로 정착되지 않았으면……. 한자처럼 다른 이방어가 후대에 나타나 나를 지배할 수도 있을 터이니.

사실 말하지 못하는 이는 부재하다. 전에도 당대에도 이후에도 누구나 태어나면 누구든지 말은 할 수 있다. 심지어는 벙어리도 나름대로 소리를 내고 의사 표현을 한다.

그러나 글은 다르다. 약속으로 연명할 수밖에 없으므로 돌봄이 필요하다. 헌신과 수호가 필수적이다. 아니면 사멸할 수밖에 없다.

다행히도 나에게는 수호자가 있었다. 오백 년간 나를 일구고 가꾸고 살찌우고 가슴 깊이 품었던 왕녀 궁녀 기녀 하녀 아녀자들이다.

숨 쉬는 만물이 대지에서 살듯 모든 생명은 암컷의 힘을 무시할 수 없으리. 나는 남자에게서 태어난 유일한 생명체, 나는 현실이다. 비록 남자로부터 생명을 얻었지만, 나를 삶의 절실한 도구로 사용한 건 여인네들이었다.

사랑을 고백하거나 슬픔을 하소연하고 싶을 때 나를 찾았던 사람들은 언제나 여인들이었다.

이들이 날 살리고 나도 그녀들 숨통을 열어 주었다. 나를 밥처럼 귀히 여기고 사랑처럼 고이 간직했던 그녀들이 오백 년간 나의 명줄을 이어 가게 했다.

그 사랑의 마법으로 나 여기 아직도 살아 있다. 허깨비 망령들이 나를 흔들어 댈지언정 지상에 도착했던 최초의 순간부터 여전히 숨 쉬고 있다. 내 이름은 암클.

암클 투서 1

1453 추분

밤사이 또 투서가 날아왔다. 진실일 수도 있고 모함일 수도 있고 억울함의 호소일 수도 있었으나, 투서는 늘 언문으로 씌어 있었다. 꼭두새벽에 불려 나온 사헌부 감찰의 부하 허윤달이 볼멘소리로 속닥였다.

"나리, 이번에도 언문입니다."

"감히 어떤 것들이 이런 짓을!"

감찰은 궁궐 담장을 쏘아보며 불같이 화를 냈다. 늘 그러했듯 허윤달은 상전이 자기에게 분풀이할 것을 미리 방지하고자 얼른 한마디를 보탰다.

"언문으로 쓴 걸 보면 사대부는 아니고 무식한 것들일 텐데요?"

"이놈아, 니 머리통은 제대로냐? 문자를 아는 자가 뭐가 부족해 투서할 일이 있겠냐! 어구구, 무식한 놈 같으니라고."

그들은 충분히 투덜거린 후 허리에 찬 칼자루를 뒤로 넘기며 서로에게 다가갔다. 그러고는 펼쳐진 언문 투서에다 고개를 박았다. 스산한 새벽 찬바람이 두 남자의 목덜미를 서늘하게 파고들었다.

— 애타는심정을호소할길업사와당돌허지만서신을보내옵니다못난제가…….

허윤달이 나지막한 소리로 언문을 읽고 있는 바로 그때 멀지 않은 곳에서 누군가가 지나갔다. 궁인이었다. 그녀는 몸을 다소곳이 숙이고 조신한 자세로 지나가며 무슨 까닭인지는 모르겠으나 아주 짧은 찰나 곁눈질을 했는데, 공교롭게도 허윤달의 눈동자와 마주쳤다.

허윤달은 눈꺼풀을 서너 번 껌벅거렸다. 뭔가 켕기는 느낌이 왔다. '혹시 저것?' 하고 입안에서 혼잣말로 우물거리며 궁녀가 담 모서리로 사라질 때까지 눈으로 그녀 뒤를 바싹 따라붙었다. 감찰이 그런 그에게 산만하다고 애먼 꾸중을 퍼부었다. 부하 허윤달은 억울함을 누르고 아까보다 조금 더 큰 소리로 투서를 읽어 갔다.

— 간밤내린비에피어난경회루의연꽃과물양귀비를바라보다가가슴이저려와얼른당신을…….

투서를 읽어 내려가던 두 남자는 깜짝 놀랐다.

'억울하고 애통하여 아뢰기를, 누구누구 판서는 곳간에 재물을

태산처럼 쌓아 놓고 아무개 참판은 계집종을 어쩌고.' 하는 투서와는 달랐다.

이것은 그야말로 알쏭달쏭 도화색을 띠고 있었다.

감찰은 턱수염을 훑어 내리며 생각에 잠겼다. 부하 허윤달은 상전을 흘깃거리다 약간의 공백을 가진 후 다시 소리 내어 투서를 연이어 읽어 갔다.

— 뵙게된후론소녀는넋이나가고온몸이떨리고눈앞이아득하고불타는마음을…….

순간 허윤달이 읽기를 멈췄다. 그러고는 감찰을 쳐다보았다. 감찰도 눈을 부라리며 허윤달을 마주 바라보았다. 둘은 동시에 손에 들고 있는 투서를 한 번 더 내려다보았다. 새벽 찬바람에 언문이 적힌 종이가 펄럭였다.

마침내 감찰이 입엣말하듯 물었다.

"그거 투서냐? 연서냐?"

"글씨올시다."

부하 허윤달은 송충이 눈썹을 미간에 모으고는 말끝을 흐지부지하게 흐렸다. 감찰이 삼척동자도 알 수 있는 뻔한 걸 물어 보는 게 우스운데다가 조금 전 핀잔에 그의 마음이 삐친 까닭이었다. 그것도 전혀 눈치를 채지 못한 감찰은 연신 혼자 씨부렁거렸다.

"투서가 아니라면 왜? 연서라면 누가 감히? 대체 뭘 때뮤에?"

"이걸 의금부로 넘길까요?"

허윤달이 곁눈질하며 재빨리 대꾸했다. 그가 일부러 회피하려는 게 아니었다. 사헌부는 언문 투서 사건이 일어날 때마다 젖 먹던 힘을 다해 의심스러운 놈들을 잡아다 필적을 대조시키고 문초하고 추궁했지만, 언문체란 것이 대개 비슷하여 진위를 알아내기란 쌀에서 뉘 고르듯이 어려웠기 때문이었다. 게다가 결과는 늘 제멋대로였다. 투고를 당한 상전의 탓으로 밝혀지더라도 막상 처벌받는 예는 드물었다. 판결은 의금부에서 누가 맡느냐에 따라 손바닥 뒤집듯이 뒤집히곤 했다.

생각에 골똘히 빠져 있는 상전이 대꾸가 없자 허윤달은 모른 척하며 다시금 언문을 소리 내어 읽어 갔다.

― 전할길없으나연모하는마음만은죽어도변치않을터이니부디한번만나나안아주십시요대군.

허윤달은 읽다가 마지막 단어에 목구멍이 탁, 막혀 버렸다. 곁에서 투서 내용을 듣고 있던 감찰도 놀란 나머지 입이 닫히지 않았다. 두 남자는 동시에 자신도 모르게 좌우를 두리번거렸다. 꼭두새벽이라 아무도 없음을 확인하며 서로에게 재빠르게 속삭였다.

"대군이라니? 어떤 대군?"

"글씨올시다."

"그러면 어떤 년?"

"글씨…… 허나 연서임이 틀림없습죠."

두려움 섞인 침묵이 흘렀다. 감찰은 곧 생각에 잠겼고 허윤달은 머리를 굴려보았다. 허윤달이 곰곰이 뒤돌아보건대 자신이 포졸 일을 시작한 후부터 투서가 늘 골칫거리였으며, 그건 죄다 언문 탓이라 자기도 모르게 언문을 경시하는 푸념이 튀어나왔다.

"본시 누가 뭣 때문에 이 암클을 만들었담? 말썽만 부리는 고얀 글을?"

부하가 내뱉은 말에 감찰은 깜짝 놀라 고개를 쳐들더니 선잠에서 깨어난 악동처럼 소리를 지르며 노발대발 욕을 한 사발이나 퍼부어 댔다.

"예끼, 이놈아! 너 시방 무신 말이냐! 무식헌 놈의 뚫어진 입에선 망발만 나오는구나. 당장 썩 닥치지 못하겠느냐! 네놈 혓바닥 땜에 필시 내 목이 날아가겠다. 아니, 네놈의 머리가 먼저 댕강……"

허윤달은 감찰이 왜 그토록 불같이 화를 내는지 영문을 몰랐다. 하지만 이때를 놓칠세라 나름대로 성깔이 있는 포졸 허윤달은 상전을 더 화나게 만들고 싶은 충동에 사로잡혀 귀가 쟁쟁거리는 나발 소리로 맞섰다.

"아 글씨, 상전을 비방하고 비난하는 언문을 누가 맹글어서 이 난리닙까! 글을 모르는 것들이 좀 쓴답시고 무고한 사람을 고발하는 투서질이나 해싸서 이런 일이 자꾸 벌어지는 거 아닙니까! 저번에 언문 투서가 빌미가 되어 능지처참당한 최 첨지가 생각나시는지요? 대체 이거 어떤 요상헌 자가 뭘 땜시……"

"이놈아, 잘 듣거라. 본시 언문은……"

갑자기 감찰이 말을 멈추었다. 그런 후 방향을 돌린 뱃사공처럼 아까와는 생판 다른 식으로 말하기 시작했다.

그는 그때부터 길고 긴 이야기를 엉킨 실을 풀어 가듯 찬찬하고 조용조용한 어조로 부하 허윤달에게 들려주었다. 본시 누가 언문을 창시했으며, 무엇 때문이며, 누구누구는 은밀하게 도왔으며, 아무개 아무개는 목숨을 걸고 반대했다고. 그리고 이어서 '나랏말쓰미 듕귁에 달아 문중와로 서르'라는 문장으로부터 '스믈여듧쭝'까지 마치 구중궁궐 대궐이라도 정성스럽게 짓듯이 하나하나 차근차근히 착한 콩쥐가 주어진 콩을 세듯이 설명해 나갔다.

그러는 가운데 그날의 태양은 할 일을 마치고 붉게 물든 노을 가득한 서쪽 하늘로 하루의 수레를 끌고 사라졌다.

다음 날 묘시卯時였다. 허윤달이 창백해진 얼굴로 사헌부로 뛰어들어왔다. 무슨 이유인지 그의 의관은 풀어져 있었고 상투 머리는 어수선했다. 때마침 감찰도 잠을 못 이룬 까닭에 벌써 나와 있었다.

"이른 아침부터 웬 소란이냐?"

"지가 뜻밖에도 의심되는 자를 만났지 뭡니까. 어스름 동이 터 올락 말락 할 무렵 소인이 또 거기 가보지 않았겠습니까. 혹시나 말이죠. 그런데 아니나 다를까, 만났지 뭡니까? 그래서 득달같이 곧장 이리로 달려온 겁니다."

"누굴 만났는데?"

"그야 투척자 아니겠소. 나리께선 지 말을 제대로 들으셨소?"

감찰 차종일이 헛기침을 했다.

"그러면 당장 문책하든지 냉큼 잡아 오든지 해야지, 왜 그냥 온 게야?"

"그럴 수 없었습니다!"

"뭐야? 그럴 수 없었다니?"

허윤달은 목이 죄어 오는지 관복 옷깃을 아래로 잡아당겼다. 그러고는 송충이 눈썹을 찌푸리며 사방을 두리번거렸다. 그들 말고는 주위에 아무도 없다는 걸 그도 알았건만 낮말은 새가 듣고 밤말은 쥐가 듣는다는 말이 생각나서였다.

그제야 마음이 놓인 허윤달은 흐트러진 의관을 가다듬고는 감찰에게 다가가 귓속말을 속닥였다.

"그게 정말이냐?"

"지가 왜 거짓을 보고하겠습니까. 일어난 대로 말씀 올리는 겁니다."

"그가 제정신으로 보이더냐?"

"글쎄요."

"참으로 괴이하구나."

"소인도 그리 생각했습죠."

"그 대군께서 왜 그런 짓을? 도무지 믿지 못하겠구먼. 외려 네놈이 미친놈으로 몰릴 수 있으니 네 입이나 더욱더 단단히 단속해야겠다."

 허윤달이 즉각 머리를 끄덕였다. 감찰은 턱수염을 훑으며 부하에게 넌지시 물었다.

 "그나저나 애당초 왜 거기에 갔던 게야?"

 "기억나시는지요? 어제 새벽녘 투서를 들여다보고 있을 때 궁녀 하나가 지나갔습죠. 전 고것이 수상쩍다고 생각했습니다. 그래서 혹시나 그런 일이 또 벌어질까 하여 근처에 몰래 숨어 있었지요. 그런디 어스름하게 날이 밝자 어떤 사대부가 멀리서 걸어오는 게 아니겠습니까? 들키면 곤란헐 터라 그저 납작 엎드려 있었습죠. 그런데 웬걸? 그가 소매에서 뭔가를 슬쩍 떨어뜨리지 않겠습니까! 기절초풍할 뻔했습죠. 총총걸음으로 사라졌지만 지는 얼핏 얼굴을 볼 수 있었지요. 허나 제기랄, 높으신 대군에게 감히 어쩔 수는 없고 해서 후다닥 이것만 가지고 왔습니다. 투서인지 연서인지 살펴보십시오."

 두 남자는 두 번째 투서를 들여다보다 서로를 쳐다보았다.

 한참을 골똘히 생각하던 감찰이 마침내 손에 들고 있는 언문 종이를 툭 치며 말했다.

 "그 대군이 이 대군이란 말이지?"

 "이 대군이 그 대군임이 틀림없습니다."

 상전을 모방하듯 허윤달도 종이를 툭 건드리며 맞장구쳤다. 감찰이 서너 번 헛기침했다.

둘은 당장 서두르지 않으면 도둑이라도 놓칠 것처럼 그 길로 언문청 쪽으로 달려갔다. 새벽바람도 그들을 놓칠세라 뒤에 따라붙었다.

등 뒤로 불어오는 바람의 으스스한 서늘함에 허윤달은 몸을 부르르 떨었다. 그 와중에도 감찰은 날쌔게 두 장의 투서를 숨겨 놓는 신중함을 잊지 않았다.

차고 매서운 새벽바람이 보루각 남쪽에 위치한 집현전 쪽으로 거세게 불고 있었다. 궁궐 벽 가장자리에 서 있던 참나무들은 허리를 구부렸고, 잎사귀들을 길게 내려뜨린 버드나무는 귀기 어린 무녀처럼 녹색 머리채를 흔들어 댔다. 줄지어 서 있는 늙은 소나무는 얕은 뿌리를 들썩이며 몸을 조아리고 가늘고 어린 벚나무는 하인들처럼 통째로 바람에 시달렸다.

거칠게 불어오는 바람 때문인지 어떤 나무들은 몸체를 흔들며 선비들이 두런두런 글 읽는 듯한 소리를 내고 있었다.

'ㄱ'은 대군의 것, 사각으로 딱딱하고 으뜸 되는 'ㄱ', 고집 세고 고루한 'ㄱ', 모든 발음을 이끄는 'ㄱ', 으흠 에헴의 'ㄱ'.

두 사람은 언문 서적을 간행하는 특별 관청인 언문청 앞에서 걸음을 멈췄다. 감찰 차종일은 비뚤어진 나무처럼 비딱하게 서더니만 고개를 갸우뚱했다.

"시방 무슨 소리 들리지 않는가?"
"아무 소리도 안 들렸는뎁쇼."

허윤달은 조바심치는 얼굴로 사방을 두리번두리번했다.

"그그그 그런 소리 안 들려?"

"그그라니, 그기 무신 소리유? 담력 크신 나리께서? 날이 이리 훤한데?"

"그 그건 그렇지, 난 왠지…… 아닐세, 그냥 가세."

감찰은 그렇게 말했지만 곧바로 발걸음을 떼지 않았다. 대지에 박혀 있는 나무 장승처럼 움직이지 않더니만 쉿, 하고 입술에다 검지를 세웠다.

"무슨 경을 읊는 소리 같았는데……"

허윤달이 눈알을 번득이며 주위를 찬찬히 훑었다.

"아하, 바람결에 나뭇잎 부딪히는 소립니다. 잠을 설치셨으니 이명일 수도 있고요. 우황청심환이나 좀 드릴깝쇼?"

"아닐세. 누군가 궁궁궁, 궁시렁궁시렁했는데……"

그렇게 말하면서도 감찰은 우두커니 언문청을 바라보고 있었다.

그러다가 마침내 그는 무엇인가 결심이라도 한 듯이 언문청 쪽으로 터벅터벅 걸어갔다. 허윤달은 충성스러운 개처럼 발을 질질 끌며 그의 뒤를 따라갔다. 조사한다고 해 봤자 뭐 뾰족한 수가 있겠는가 하고 속으로 투덜대면서.

그날 밤 자정이었다. 사방은 고요했다. 달이 있어 그다지 캄캄하지는 않았다. 한밤중인 자시子時가 지났어도 궁궐 연못 근처엔 어떤 그림자도 나타나지 않았다. 시간이 서푼서푼 지나갔다. 몇몇 야생 동물이 어슬렁거리며 지나갔지만 주위는 여전히 조용했다. 어젯밤 잠을 설친 감찰과 포졸은 잠복해 있다가 모처럼의 고요함에 깜빡 잠이 들었다.

갑자기 풀들을 가볍게 스치는 소리가 났다. 두 남자는 놀라 후다닥 잠이 깼다. 동시에 번쩍 눈을 떴다. 허윤달은 즉시 몽둥이를 만지고 차종일은 허리에 차고 있는 칼을 더듬었다. 그들은 목에 힘을 주고 허리를 곤두세웠다. 그들에겐 자시를 넘겨 궁궐 내에서 나대거나 서성대는 자는 누구를 불문하고 검문할 수 있는 권한이 있었다.

풀들을 스치고 나타난 자는 서 있는 자태만으로도 여인임을 알아챌 수 있었다. 근방에서 분 냄새가 났다.

그들은 토끼라도 잡으려는 듯한 자세로 대상을 향해 가만가만 기어갔다. 그러다가 온 힘을 다해 돌진한 후, 분 냄새를 풍기는 포획물을 난폭하게 덮쳐 생포했다. 그녀가 발버둥을 치자 급히 그녀 입을 봉했다. 지금 상황에선 생포한 자나 생포된 자나 양쪽 다 위험한 일이었다. 이 시각에 소란을 피울 수 없음을 경고하며 그녀를 윽박질렀다.

그들은 곧장 그녀를 사헌부로 끌고 갔다. 그런데 웬일인지 여인은 울먹이거나 포복하거나 소리 지르며 난리를 칠 줄 알았는데 그러지 않았다. 외려 이런 일이 일어날 줄 알았다는 듯이 순순했다.

의아함을 감추고 다소 초연한 표정으로 감찰은 첫 번째 언문 투서를 그녀의 코앞에다 내밀었다.

놀랍게도 여자는 부끄러워하면서도 연서는 자기가 쓴 것이라고 순순히 수긍했다. 그뿐만 아니라 한술 더 떠서 묻지 않은 말까지 자진하여 토로하기 시작했다. 자기가 쓴 것은 맞지만 투서한 것은 아니라고 했다. 그녀가 조금 아까 한밤중 거기에 있었던 연유는 자기의 연서를 받은 대군께서 혹시나 그곳에 나왔는지 보려고 했다는 거였다.

당황한 두 남자는 두 번째 투서도 내밀었다. 그러나 그녀는 그것은 전혀 모르는 일이라고 고개를 내저었다. 정작 당황한 쪽은 그녀가 아니라 외려 이쪽이었다. 게다가 기절할 만한 것은 그녀가 그저 궁녀가 아니라는 사실이었다.

둘은 겉으론 아무렇지도 않은 척했으나 속으론 덜덜 떨었다. 목이 날아갈 장면이 눈앞에 생생하게 그려졌다. 둘 다 입안이 썼다. 목이 댕강 날아가고 어쩌고, 경망스럽게 눙치듯 떠들어 댔던 말이 새삼 떠올랐다. 자꾸만 오금이 저려 왔다.

그녀의 태도로 봐선 투서는 그녀와는 관계가 먼 듯했다. 상식적으로 봐서도 여인이 자신의 내밀한 관계를 쓰레기 던지듯 드러내는 것은 경우에 맞지 않았다.

그렇다면 누가? 뭣 때문에 이런 짓을? 생각하면 할수록 알 수 없는 일이었다.

사실 이것도 뜻밖이요 저것도 뜻밖이었다.

감찰과 포졸은 서로 쳐다보며 눈짓을 꿈쩍거렸다. 비록 하잘것없는 궁인으로 강등되었다지만 그녀는 한때 소용 품계를 받았던 후궁이었던지라 처소에 고이 데려다주기로 했다. 어이없고 불순하고 위험한 일로 여럿의 목이 날아가기 전에.

궁 안의 세계는 비밀의 세계였다. 궁 안에 사는 사람들은 비밀이란 말을 입에 달고 다녔다. 끝내 비밀이 유지된 적은 없었지만.

감찰은 머릿속으로 그럴듯한 그림을 그려 보았다.

'사헌부 수뇌부가 어떤 대군과 연이 닿아 있는지 가늠할 수 없다. 투서의 주인을 밝혀낸다 해도 거기에 연루된 죄 없는 사람들도 줄줄이 드러날 것이고, 섣불리 건드렸다가는 애먼 사람들이 장을 맞거나 유배를 당하거나 투옥되거나 어쩌면 삼족을 멸하는 멸문지화를 당할 수도 있을 것이다. 내 모가지도 예외가 아닐 테고.'

전부터 감찰은 정황이 뭔가 비틀어지고 있음을 눈치채고는 있었다. 성군께서 승하하시고 어린 왕이 등극한 이후로 대군들의 암투가 암암리 벌어지고 있다는 소문은 더는 비밀이 아니었다.

그는 잠시 생각에 잠겨 자신의 턱수염을 잡아당기고 비틀어 대더니 허윤달에게 가까이 오라고 지시했다.

"잘 들어 봐라. 필시 이번 일은 애매한 것이다. 내 추론은 이러하다. 첫 번째 연서는 실로 후궁의 것으로 그녀가 잘생긴 대군을 흠모하여 애타는 마음으로 연서를 보냈건만, 그 대군은 애먼 불똥이 튈 것이 두려워 직접 주상에게 고하는 대신 그것을 슬쩍 흘려

사헌부에 알리고자 한 것일 수도 있다. 두 번째는 누군가를 모함하고자 투서를 조작했을지도 모르고, 혹은 둘이 서로 눈이 맞았으나 저들 하나가 마음이 변하여 상대를 곤경에 빠뜨리기 위해 이런 일을 저질렀을 수도 있지. 어쨌든 남녀상열지사는 두 사람 간의 일인데도 온갖 이상야릇한 양상이 끝없고 한없는 법이다. 그러나……."

감찰은 말을 멈추더니 미간에 세로 주름을 모았다.

"그러나 그게 아니라면……."

"그게 아니라면요, 나리?"

허윤달이 고개를 외로 비틀며 상전의 말을 되받았다.

"흠, 그것도 아니라면, 연놈을 계획적으로 벌하고자 하는 어떤 무리의 조작이거나, 권력과 공명을 추구하는 어떤 대군의 흉계이거나, 아니면 모반을……."

감찰 차종일은 스스로 내뱉은 말에 소스라치게 놀라 입을 다물었다. 허윤달도 잠시 진저리를 쳤다. 그러나 허윤달은 불안한 나머지 입을 다시 열어 푸념을 쏟아냈다.

"에구구, 애먼 우리 목만 날아가겠네요!"

"그러니까 이놈아! 살려면 머리를 써야지 않겠느냐!"

"참말로 죽겠구먼요. 윗것들을 추궁할 수도 없고, 모른 척할 수도 없으니."

울상을 짓는 허윤달을 달래며 감찰이 갑자기 속삭이는 목소리로 말했다.

"허나 아무도 이 일은 모르고 있지, 아직까지는……."

"허지만 투서를 노출한 자는요?"

"그 대군은 뒤가 쿠리지 않겠나? 잠자코 지켜보자고! 선불리 움직이지 말고! 내 귀에 자꾸 무슨 말들이 들려오니 말일세."

그렇게 말하고 감찰 차종일은 한 손으로 귀를 둥글게 감싸며 몸을 기울였다.

ㅁㅁㅁ

 'ㅁㅁㅁ' 모눈 창살 모눈 감옥 모진 마음. 'ㅁㅁㅁ'은 틀을 만들어 인간을 갇히게 한다. 본시 'ㅁㅁㅁ'은 어머니를 향한 애타는 발음이고 미처 가닿지 못한 미지의 것이지만, 인간은 'ㅁ'으로 감옥을 만들었다.

 'ㅁㅁㅁ'에서 벗어나고자 하는 소리가 아직도 들려온다. 'ㅁ' 속에 갇힌 사람들이다. 수난은 엄청났다. 옥사한 이들도 무수했다. 실은 내가 태어나게 된 연유도 'ㅁ'이란 감옥 때문이었다.

 당시 옥살이를 하는 사람들은 대개 글을 모르는 까막눈이였다. 그들은 입에 풀칠하느라 한자처럼 어려운 글을 배울 시간도 여유도 없었다. 하늘천 따지 검을현 누를황 집우 집주 따위를 입으로 흉내를 내 보긴 했지만 그게 어떻게 생겨먹은 건지 깜깜했고, 법조문같이 복잡하고 난해한 글은 ㅁㅁㅁ ㅁㅁ처럼 보였다.

어찌 알 수 있겠는가, 거기에 뭐라고 쓰였는지.

더구나 아랫것들이 윗사람들에게 맞서는 일은 상상만 해도 겁나는 일이었다. 그리하여 'ㅁㅁ' 침묵의 감옥엔 늘상 바람만 휘휘 나돌았다.

암클 투서 2

 옥마다 죄인들이 넘쳐났다. 하루에도 수십 명이 늘어났다. 아무래도 이상했다. 감찰 차종일과 그의 부하 허윤달이 이곳으로 붙잡혀 온 후, 무슨 일이 일어났는지 모르지만 아마도 세상이 뒤집힌 듯한 낌새였다.
 여기저기서 어구, 어구구 하는 신음 소리가 그들이 있는 곳까지 들려왔다. 벌써 며칠째인지 연이어 비명과 고함과 앓는 소리가 뒤범벅되어 흘러나왔다. 그다지 멀지 않은 곳에서 들려오는 소리가 확실했다. 하지만 바깥에 무슨 난리가 일어났는지 아무리 생각해 봐도 감찰 차종일은 짐작조차 할 수 없었다.
 원래 그는 언문 투서 사건을 좀 신중하게 기다렸다가 상부에 보고하려고 했다. 하지만 누구의 고발인지 모르나 그가 처리하지 않고 잠시 숨겨 놓았던 투서가 발각되었다. 일탈이 드러나자 의금부에서는 누구의 지시로 투서를 은폐했는지 국문했고, 배후에 누가 있는지를 추궁했다.

차종일은 벌어진 상황도 어처구니없었거니와 일의 뒷배경도 제대로 감을 잡지 못하고 있었기에 일단은 임무 불찰을 너그러이 용서해 달라고 빌었다. 하지만 오히려 어디에 대놓고 하소연할 수도 없는 신세가 된 셈이었다. 투서를 던진 범인에게 불똥이 떨어진 게 아니라 엉뚱하게도 자신이 옥에 던져지게 되었다.

그런데 옥에 갇힌 이들 중에는 더러 아는 얼굴도 보였다. 석 달 전에 잡혀 온 주막집 주모가 아직도 옥에 있었는데 그녀가 목에 나무칼을 차고 있는 걸 보고 감찰은 적이 놀랐다. 그 모습을 보건대 조만간 처형될 터인데 난리 통이라 차일피일 미루고 있는 듯했다.

나무칼을 씌워 놓아 주모는 위를 볼 수도 아래를 굽어볼 수도 제대로 숨을 쉴 수도 없었다. 사연인즉슨, 왕십리에 사는 목수가 주막에서 술을 마시다 급사했는데 그의 돈을 훔쳤다는 죄목으로 끌려온 것이다. 하지만 의심쩍은 점이 한둘이 아니었다. 추적이 난감한 부분들이 꽤 많았다. 목수가 현감 댁에서 일한 보수로 받은 돈이 실제로 얼마였는지도 모르고, 주모가 돈이 탐나서 그를 살해했다는 증거도 허술했다. 물적 증거로는 주막 장독대 항아리 속에서 발견되었다는 엽전이었는데 그것을 증거로 삼기엔 터무니없었다 붙들려 온 당시 주모는 엽전이야 다 똑같이 생기지 않았느냐고 따졌고 나름대로 항변했지만 별 소득이 없었다.

어쨌든 문책을 맡은 포도청의 수령이 얼렁뚱땅 처리했을 가능성이 컸다. 또는 글을 모르는 주모가 뭐가 뭔지 모르는 채 다그치는 바람에 자백 증서에 손도장을 찍었을 수도 있었다. 뒷배로 현감이 외려 의심스러웠고 기와집을 짓는 데에 연관된 다른 일꾼도 수상쩍었다. 처음부터 일이 흐릿하게 처리되다가 엉뚱하게도 주모가 죄인으로 몰린 것이 역력했다.

 감찰 차종일은 마음이 짠했다. 정의를 으뜸으로 삼는 사헌부 관리로서, 무지한 주모가 나무칼을 쓰고 시체가 되어 가는 모습을 보며 입맛이 쓰고 가슴도 쓰라렸다.

 허윤달은 허윤달 나름대로 가슴이 찢어지고 있었다. 고향 사람 허중달이 살인죄로 끌려와 옥에 있는 것을 봤기 때문이었다.

 허중달은 양인이었다. 사건의 발단은 동네 참판의 모친이 난데없이 허중달의 장모가 자기 노비라고 주장하며 법에 제소하면서부터 시작되었다. 만약 허중달에게 불리한 판결이 내려진다면, 종모법에 따라 허중달의 처는 물론이요 그의 네 딸까지도 갑작스레 그들의 노비가 될 판이었다. 허중달에게는 청천벽력이 아닐 수 없었다. 그리하여 양인 허중달은 이의 부당함을 소송하여 승소 판결까지 갔으나, 예기치 않게 참판의 모친이 사망하고 이어서 노비 상속을 이어받은 참판의 누이가 또 이의를 걸어오는 바람에 판결은 다시 원점으로 돌아가게 되었다.

 노비 소송에서 승리하면 일가족이 통째로 자신들의 재산이 되기 때문에 양측이 필사적으로 소송에 매달렸다. 그러나 당시 사헌부와 장례원 관리가 참판의 편인지라 결국엔 참판의 승리로 끝나 버렸고, 허중달의 아내와 네 딸들은 순식간에 참판의 노비가 되어 버렸다. 허중달은 집안이 풍비박산 나고 가족 모두가 천민 중의 천민인 사노비로 전락한 것에 분개하여 참판 집으로 찾아가 그를 낫으로 살해해 버린 것이었다. 허중달은 그의 아내와 딸뿐 아니라 손자손녀도 대대로 노비에서 벗어날 길이 사라진 것에 억울함을 느껴 살인을 저질렀다며 피눈물로 죄상을 토로했지만, 비극은 되돌릴 길이 없었다.

짙은 눈썹 때문에 정이 깊다는 포졸 허윤달은 고향 사람 허중달의 사연을 상전에게 이야기해 주며 분해서 이를 갈았고, 그의 비참함에 눈물을 흘렸다. 한밤중에 잠에서 깬 허윤달은 어머니 배 속에서 태어난 후 처음으로 혼자 흐느껴 울었다.

옥 안에서는 낮인지 밤인지 잘 구별되지 않았다. 그래선지 시간은 하나의 긴 연속처럼 한 줄에 엮여 질질 힘겹게 끌려가는 듯했다.

그러던 어느 날, 옥을 지나가는 무리 중에 포승줄로 묶인 대사헌을 목격한 감찰은 놀라 자빠질 뻔했다.

대사헌 몰골이 말이 아니었다. 심한 국문을 당했는지 봉두난발에다 옷매무새도 흐트러져 있었다.

감찰은 지나가는 대사헌의 등 뒤로 얼떨결에 '대감님!' 하고 모깃소리로 불렀다.

대사헌은 잠깐 움칠했지만 뒤돌아보지 않았다. 감찰이 순간 당황했다. 대사헌과는 전부터 살가운 관계는 아니었으나 그래도 그의 태도가 심상치 않음을 직감할 수 있었다.

허윤달도 놀란 나머지 입만 뻐끔거렸다. 그는 손가락으로 제 눈두덩을 꾹꾹 눌렀다. 시방 자기 눈을 믿을 수가 없어 확인하는 거라고 하면서.

대사헌이 어디로 끌려갔는지 확실치 않았다. 감찰과 허윤달은 얼빠진 얼굴로 서로를 바라보았다. 감찰은 순식간에 벌어진 일인지라 꿈인지 생시인지 헷갈렸다. 마치 저승길에서 대사헌 영감과 만났다 헤어진 것만 같았다.

허윤달이 옆에서 고개를 갸우뚱하며 연신 머리를 긁적거렸다.

"별안간 난리가 난 게 아닐까요? 나리."

"글쎄다."

"시방 글쎄가 다 뭡니까? 사방이 뜻밖인 것 천지구먼요."

"글쎄다, 뭐가 뭔지 모르겠으니 잠깐 생각 좀 해 보자꾸나."

"생각해 본다고 무신 뾰족한 수가 있겠습니까. 근디 말이요, 지가 그를 봤시오!"

"누구?"

"그 대군 말씀이오!"

"뭐? 뭐라고? 그게 무슨 말이냐?"

"인제 보니, 그 대군이 바로 그 대군이었소! 제 눈깔로 똑똑히 봤습죠. 저들을 국문하고 고문하고 호령하는 자가 그 대군이오! 어젯밤 으슥한 시각에 그가 무리를 이끌고 옥 사이를 지나가는 걸 지가 봤시오. 확실허요. 아니면 내 눈알을 빼시오!"

"으흑, 니가 본 게 확실허다면······."

감찰 차종일은 등골이 오싹해짐을 느꼈다. 그들이 붙잡혀 온 후 스쳐 간 이름 모를 사내들이 집현전 학사였다는 소문이 돌았다. 감찰은 떨리는 입술로 중얼거렸다.

'허윤달이 목격한 게 정녕코 사실이라면? 그 대군이 모반을 일으켜 나라를 장악하고 있는 거라면? 그 대군이 투서를 위장하여 형제를 중상모략하려고 꾸며 낸 일이었다면?'

감찰은 생각에 생각을 더해 갔다. 그러하다면 언문 투서를 이용해 싫증 난 후궁을 처리할 수 있었을 터이고, 그가 두려워하는 형제 대군을 투옥시킬 빌미도 만들 수 있었으리라. 그 대군은 언문 실력도 탁월했었으니 필체 위조 정도야 밥 먹기만큼 쉬웠을 것이다. 모반의 계략이야 절대 이 사소한 일만이 아니었겠지만.

그는 온몸이 오싹해졌다. 언문 투서는 영원히 남을 수 있는 증거이기도 했으나 까딱하면 대사헌과 한패로 몰려 떼죽음을 당할 수도 있었다.

그는 피비린내 나는 현실을 그제야 알아차렸다. 대사헌의 눈짓을 빌미로 포졸이 의금부 상부에 귀띔질하거나 또는 대사헌이 누구 줄에 섰는지는 몰라도 거기에 따라 사헌부 관리 전체가 포승줄에 굴비처럼 엮일 수도 있었다. 모반이란 본시 그런 거였으니까.

그는 투서 사건을 제대로 밝히지 못한 것이 후회스러웠다. 자신의 불찰이 아닐 수 없었다. 재빠르게 처리하거나 기록을 남기거나 했어야 마땅했다. 감찰 차종일은 자괴감으로 속이 부글거렸다.

'위장된 투서로 형제를 모함하고, 반대 세력을 죄다 잡아넣은 그 대군의 속내를 밝힐 수만 있다면, 언문 투서와 대군의 필체를 비교할 수만 있다면, 모반 정황에서 누가 반역자인지 폭로할 수만 있다면……'

감찰 차종일의 마음에서 불길이 일었다. 그는 가만히 있을 수가 없었다. 입고 있던 무명옷을 벗어 바닥에 자리를 깔았다. 그러고는 고개를 숙여 옥 바닥 짚더미를 들추고 그 속에서 한지와 붓을 조심스레 꺼냈다. 만약을 위해 친분이 있던 옥졸에게 뇌물을 주고 부탁했던 것들이었다.

그는 검은 먹통에 붓을 담갔다. 낡은 한지 쪽지에다 뭔가를 적기 시작했다. 옆에 벌렁 누워 있는 부하 허윤달이 놀란 듯 몸을 벌떡 일으켰다. 짙은 눈썹 아래 반짝이는 눈으로 그는 상전의 행동을 주의 깊게 살펴보고는 마른침을 삼켰다.

"시방, 투서를 쓰는 겁니까?"

"이 길밖에 없다. 우릴 구해 줄 수 있는 건……"

"그그 그기 어디 통하겠습니까?"

"글은 살아 있어 스스로 움직이는 법이다."

"근데 그 그거 언문이 아닙니까? 왜 한문으로 쓰시지 않고?"

"이눔아, 만천하에 알리려면 언문밖에 다른 길이 있겠느냐!"

"허나, 누가 읽어 줄까요?"

"누군가 읽어 주겠지…… 현세가 아니라도 반드시 누군가는……."

감찰이 말을 끝내자 멀리서 닭 우는 소리가 들려왔다.

단어의 변신

구름이 비가 되는 것이 변신이듯 단어도 내재적으로 변신을 품고 있다. 그렇다면 어떤 대상을 희다고 말하고 어떤 것을 검다고 말할 수 있을지? 애매하다. 모순과 불일치가 뒤엉켜 존재하고 있으니 더욱 그렇다. 사람들은 같은 것을 보고 전혀 다르게 말하고 완전히 다른 것을 보면서 같다고 말하기도 하는 걸 보면 더더욱 언어의 미로에 다가간다.

예컨대 영어로 'black'은 검정을 의미한다. 프랑스어로 'blanc'는 흰색이다. 그런데 'black'과 'blanc' 두 단어는 철자도 비슷하고 발음도 닮았고 어원의 뿌리도 같다. 하지만 의미는 완전히 반대로 사용되고 있다. 예로 유럽 중남부에 있는 알프스산맥의 눈 덮인 산봉우리를 '몽블랑 Mont Blanc, 흰 산'으로 부른다. 이를 영어로 옮기면 'blanc = black'이므로 흰 산이 아닌 '검은 산 black mountain'이 되고 만다. 즉, 어원이 같은 철자를 사용하지만 완벽하게 반대 표현으로 뒤집혀진다. 그러니까 같은 산을 앵글로·색슨어를 쓰는 민족은 검은 산으로 부르고 로망어를 사용하는 민족은 흰 산으로 부르고 있는 것이다.

한국인들도 놀라거나 머리가 갑자기 아찔해질 때, 누구는 머릿속이 캄캄해진다고 하고, 누구는 머릿속이 하얘졌다고 말한다.

수수께끼

천태산인 1943년

  수탉들이 피를 토하듯 비명을 질러 댔다. 대낮에도 닭들은 그렇게 울었다.
  병보석으로 출소한 김태준은 밤에 누워 있어도 편치 않았고 낮에 깨어 있어도 편치 않았다. 형무소에서 시작했던 의도적인 단식으로 인해 숨을 내쉴 때마다 폐가 지끈거렸다. 온몸 신경다발이 너덜거려 바스락거리는 소리만 들려와도 잠의 세계로부터 곧장 밀려 나왔다. 고향 집에 몸을 내맡기고 잠시나마 깊은 잠을 자고 싶었다.
  낮이 낮이 아니고 밤이 밤이 아닌 고통스러운 시간을 보내고 있던 날이었다. 밤이 이슥해진 무렵 보름달 얼굴의 남자가 찾아왔다.

김태준은 한때 학계와 문단에서 주목받았던 국문학자였으나 이제 감옥까지 다녀온 사회주의자로 알려져 누군가가 그와 함께 있다는 자체만으로도 후환이 따를 수 있었다. 그럼에도 보름달 얼굴의 남자는 위험을 무릅쓰고 방문한 것이었다.

두 사람은 반가워 선뜻 입을 떼지 못했다. 한참을 지나서야 보름달 얼굴의 남자가 먼저 입을 열었다.

"그간 고생이 많았소."

"곧 찾아뵐까 생각하고 있었습니다."

김태준이 자리에서 몸을 일으키려 하자 남자가 얼른 말렸다.

"좀 더 누워 계십시오."

그는 차분한 목소리로 부드럽게 말했지만 얼굴에는 수심이 드리워져 있었다. 뭔가를 자제하고 있는 듯했다.

김태준은 의아했다. 형무소에선 대놓고 말하거나 논의할 수 있는 상황이 아니라서 해례본의 거래에 관한 자세한 내막은 모르고 있었다. 면회를 올 때마다 진홍은 잘 진행되고 있다고 전해 주었으나 소문이 지배한 시절이기에 정보들이 부정확했을뿐더러 진실의 여부를 제대로 골라내기는 더욱 어려웠다.

김태준이 용기 내어 물었다.

"안동의 고서는 어찌 되었는지요?"

보름달 얼굴의 남자는 잠시 뭔가를 생각하는 듯하더니 이내 입을 열었다.

"선생께서 침묵했던 덕에 다행히도 제 주변 사람 아무도 다치진 않았습니다. 참으로 고맙소. 혹시 만에 하나 저들이 눈치챘다면 나도 매우 위험할 뻔했소. 그런데 그 고서가……."

그가 말끝을 흐렸다.

"그간 무슨 일이라도?"

알 수 없는 불안함으로 김태준의 목소리가 흔들렸다.

"이미 사례금을 건네주시지 않으셨습니까?"

"물론 그러하고말고요. 그런데 무슨 까닭인지 이용준 군과 연락이 끊겼습니다. 따라서 고서도 아직은 제 손에……."

"이런 낭패가!"

순간 김태준은 칼이라도 맞은 듯이 휘청, 했다.

"이래저래 선생께서 출소하시길 애타게 기다렸습니다."

"시간을 좀 주십시오. 당장 안동에 내려가 알아볼 테니."

"아직 몸도 성하지 않은데……."

"아닙니다. 이 상황에 제 목숨이 문젭니까?"

김태준은 벼락이라도 맞은 듯이 정신이 번쩍 들었다. 남자는 남자대로 제대로 숨도 쉬지 않고 앉아 있었다.

그가 떠난 후 자리에 다시 누운 김태준은 울고 싶었다. 갑자기 밤이 더 캄캄해진 것 같았다. 그는 암흑을 더듬듯이 몸을 이리저리 뒹굴며 추측해 보았다.

대체 이용준에게 무슨 일이 일어났던 것일까. 순수하고 조신한 그가 혹시 정치 조직에 휘말린 것은 아닐까. 막대한 금액을 받고도 해례본을 넘기지 못한 까닭이 무엇인지 아무리 생각해 봐도 수수께끼 같았다. 안동의 유서 깊은 가문의 장손으로 몇 대가 함께 사는 그 많은 가속을 등에 업고 있는 그가 경거망동했으리라는 것은 상상할 수 없는 일이었다.

김태준은 몸을 뒤척이다가 돌연 공포에 가까운 불안에 휩싸였다. 무엇인가 사악한 것이 거의 완성된 기적을 방해하고 있다는, 이상할 정도로 또렷한 의식이었다.

그날 밤 그는 자다 깨기를 반복하며 이름 모를 적병들과 싸우는 꿈을 꾸었다. 새벽에 일어나니 학질에 걸린 것처럼 오한과 두통으로 몸이 떨려 왔다. 이 상태로는 안동으로 가는 일이 어렵겠다는 생각이 들 정도였다.

진홍의 만류에도 김태준은 이른 새벽 어스름에 경성역으로 향했다. 남대문 근방을 지날 때였다. 구저분한 행색의 사내가 가까이 다가왔다. 지게꾼인 듯했다. 그가 성냥이 있느냐고 물었다. 김태준은 무심코 고개를 끄덕였다. 그 순간 어떤 예감이 스쳤다. 그는 얼른 지게꾼의 얼굴을 훑어보았다.

사내가 씨익 웃었다. 경성콤 동지 이현상이었다. 김태준이 반가워 입을 떼려고 하자 그가 재빨리 입술에 손가락을 세웠다. 그러고는 주위를 살피더니 암호 같은 말을 툭 던지고 총총걸음으로 사라졌다. 그야말로 이유도 없이 꿈속에서 나타난 사람 같았다.

이현상은 언제나 그런 사람이었다. 늘 갑작스럽고 예측 불허였다. 그러나 그 예측하기 힘든 것들의 분명한 주인이었다. 그는 머물러 있는 것을 싫어하고 모험을 좋아했다. 마치 꿈을 꾸기 위해 세상에 태어난 남자 같았다. 어쩌면 그가 사회주의 노선을 택한 까닭도 꿈과 가장 흡사하다고 할 수 있는 혁명을 도모하고자 했기 때문인지도 몰랐다.

김태준은 그를 경성콤에서 알게 되었는데 그로 인해 진홍과도 알게 되었다. 잘생긴 얼굴에도 불구하고 늘 허술한 차림으로 다녔고, 먹는 거나 입는 거나 관심이 없었다. 물론 말도 없었다. 그러나 감옥 생활 중에 그가 굳은 의지로 이루어 낸 신의는 대단했는데, 이른바 경성콤 조직 내에서 가장 믿을 수 있는 동지로 부상될 정도였다. 그는 네 차례 구금과 투옥에도 한 번도 동지의 이름을 밝히지 않았고 경성콤 조직도에 대해서도 끝내 입을 다물었다. 끔찍한 고문에도 일경에게 고하지 않을 만큼 그의 의지는 강했고 육체도 강했다. 꿈 이외에 다른 것에는 무심하기 때문인지도 몰랐다.

그런 그가 안동으로 내려가려는 길목에 복병처럼 나타났으니 김태준은 당황하지 않을 수 없었다. 김태준은 열병에 걸린 환자처럼 몇 발짝을 더 걸어갔다. 그러다가 걸음을 멈추고 고개를 갸우뚱하며 잠시 생각해 보다가 다시 발걸음을 옮겼다. 생각하면 할수록 그의 출현은 수수께끼처럼 아리송했다.

'어떤 도움이 필요해서일까……. 도대체 그는 내가 안동에 내려가려는 것을 어떻게 알았을까……'

김태준은 속으로 되뇌면서 길거리에 서 있었다.

그는 문득 역 근처에 있는 주변 언덕을 바라보다가 곧 고개를 끄떡였다. 전부터 경성콤 조직은 효창공원에 있는 벤치의 좌측 윗부분에 암호를 표시하는 가두 연락 방법을 취하고 있었다. 동서남북과 날짜, 시간 등을 암호로 적어 놓는 방식이었는데, 형무소에서 안 선생과 함께 자음과 모음을 번갈아 섞으며 내통했던 방식과도 얼추 비슷했다. 만약 그가 경성역 쪽이 아니라 효창공원으로 간다면 이현상이 원하는 바를 정확히 알아낼 수 있었다.

김태준은 한참을 움직이지 않고 그 자리에서 우두커니 서 있었다. 마음속에서 갈팡질팡하는 번민과 격렬한 갈등이 일어났다.

'무엇을 우위에 둘 것인가. 우리말도 중요하고, 전우도 중요하다.'

하늘이 뱅글뱅글 돌았다. 딛고 있는 땅도 좌우로 물컹거리고 있었다. 이마와 등에 식은땀이 났다. 그는 쓰러질 것만 같았다.

선택이란 언제나 위험을 동반하는 것임을 절감하면서 김태준은 삼 년 전에 자신이 체포되었던 경성역 쪽으로 서서히 몸을 돌렸다.

실종 신고

인상착의

소리 문자. 인류가 지닌 보물 중의 보물. 하늘이 준 모음은 인간을 닮았고 자음은 대지를 닮았다. 지상에 존재하는 어떤 문자보다 대상의 형상과 소리를 가장 근접하게 표현할 수 있다. 대규모의 언중이 실제 사용 중인 문자 구조에 대해 이를 만들어 낸 창조자가 직접 해설을 달아 놓은 자료는 인류 역사상 오직 훈민정음해례본뿐이다.

실종 상황

창제된 지 450년이 지나서 갑오개혁때에 이르러서야 비로소 나라의 정식 문자로 인정받게 되었다. 그런데 그 후 얼마 가지 않아 더욱 무서운 고난이 시작되었는데, 그것은 정음의 말살이었다. 글만이 아니라 말까지도 소멸할 위험에 처해 생존의 불꽃이 깜빡거리고 있다.

실종된 소리

인간의 입안은 불그스레하고 아름다운 동굴이다. 궁궐처럼 이 동굴에도 일꾼들이 바쁘게 들락거리고 온갖 일들이 일어난다. 그 안에는 뜯고 씹으며 파괴하는 무인武人 같은 이빨과 한없이 쓰다듬으며 부드럽고 맹렬한 문인文人 같은 혀가 있다.

나랏일도 그러하듯, 모든 소리도 이빨과 혀를 통과하며 서로 마찰해야만 창조된다.

실종된 'ㅿ' 없이는 고양이의 이빨 부딪히는 소리가 나지 않는다. 'ㅿ' 소리는 이빨이 부딪히는 반치음인데 북반구 위쪽에 위치한 언어군에 많은 편이다. 그들은 다소 공격적이고 호전적이다.

'ㆍ' 하늘이 자시子時에 열리는 것과 같이 맨 먼저 만들어졌지만 실종되었다. 본시 하늘의 모양을 본뜬 것으로 원래 명칭은 '하늘 아ㆍ'이다. 어찌하여 '아래 아ㆍ'로 변질되어 부르게 됐는지 모르지만 현대에 와서 돌연 'ㆍ'가 소리 없이 돌아왔다. 스마트폰 화면에 떳떳이 모습을 나타내고 있다. 기계시대가 자진하여 'ㆍ'를 기적적으로 회생시켰다. 스스로 부활한 셈인데, 이 'ㆍ' 소리 없이는 하늘의 깊은 소리를 낼 수 없다.

'ㆆ'는 가장 먼저 실종된 글자다. 한자음을 표기하기 위해 만들어진 소리로 15세기 중엽 존재를 감추었다. 사대주의 영향 때문이 아닐까 의심된다.

꼭지이웅으로 불리는 'ㅇ' 산스크리트어 '옴'의 소리를 닮았다. 뫼비우스 띠와 같이 'ㅇ'은 무한을 담고 있다. 우주의 시작과 끝, 뱀의 머리와 끝, 창조와 유지와 파괴를 보여주는 상징 언어다. 너무도 깊고 심오하고 진리를 담은 진동이라서 우주가 다시 소환해 버린 게 아닐까 상상해 본다.

실종된 언어군

말도 변하고 문자도 변한다. 언어도 구름처럼 수시로 이동하고 바다 물결처럼 쉴 새 없이 출렁인다. 집이 무너지듯 인간이 죽음을 맞이하듯 당연히 언어도 구조를 가졌다가 사라지기도 한다. 실종 이유는 다양하다.

그 언어를 쓰는 사람들이 사라지게 되어 자취를 감추는 경우는 문화가 탄생했다가 소멸하는 것처럼 흔하다. 잉카문명의 언어, 네팔의 쿠순다 언어, 북미 인디언 언어들이 그러하다. 그리고 강력하고 더 힘센 강세 언어의 지배로 침투당하다가 사멸하는 경우도 있다. 대체로 약소국가들의 언어가 거기에 속하는데, 역사적 이유와 다소간 겹치기도 한다. 언어와 인간은 분리될 수 없기 때문이다.

한편 막강한 권력을 가진 언어도 사라지기도 한다. 예로 라틴어가 가장 도드라진다. 구어는 사멸되었지만 글로 남아 있다가 20세기에 들어서는 가톨릭 종교가 기도용으로 쓰고 있다.

  언어가 실종되는 것은 그 언어를 쓰는 사람들이 사라지기 때문만은 아니다. 어떤 소수가 권력용으로 언어를 독점하고 장악할 때 언어는 스스로 생명력을 버리고 자멸하기도 한다.

  반면 아주 드물게 실종되었다가 부활하는 언어도 있다. 히브리어가 그렇다. 언어는 민족혼에 뿌리를 두고 있는데, 끈질긴 유대 민족이 잃어버린 고대 땅을 되찾아 새로운 영토를 건설하였듯이 그들은 자신들만의 언어도 재구성했다.

  각각의 언어에는 저마다 세계를 바라보는 자신만의 창이 있다. 한 언어가 사라지면 인류는 세상 하나를 잃어버리는 것이다. 물론 세상이란 끊임없이 움직이고 변하고 소멸하는 거대한 흐름 속에 있는 것이지만.

  어떤 경우든지 언어의 실종은, 그것이 언어의 자발적인 사라짐인지 아니면 그 언어를 쓰는 사람들이나 억압하는 이들의 탓인지 생각보다 자명하지는 않다.

세상은 해례본을 갈망하지 않았던가

 인간의 시간 따위에는 무심하다는 듯이 하늘 높이 뭉게구름만이 허허롭게 흘러가고 있었다. 이 지방은 강이 마을을 휘감아 굽이쳐 흐르고 있는데다가 태백의 지맥을 타고 있는 산들로 둘러싸여 있어 사위가 고즈넉했다. 시대가 사납지만 않았더라면 유교 학자들이 모여 학문을 펼칠 만한 적절한 곳이었고 해례본이 남몰래 숨어 있을 만한 땅이었다. 대지도 저마다 고유한 기질을 지니고 있는데 안동의 땅은 온순하고 고지식하고 평화주의자 같았다.
 예상한 대로 이용준은 안동 집에 없었다.
 "지는 모르니더."
 김태준과 어렵사리 조우한 용준 처는 고개를 저었다.
 "글쎄올씨더. 그 양반이 어데로 갔는지 말입니더."
 그녀 등에 업힌 갓난아이가 칭얼거렸다. 그녀는 칭얼대는 아기를 어르면서 모른다는 말을 반복했다.
 "선상님도 아시다시피 그때 여름시 뭐가를 붓으로 부분하게 끼적대면서 끝냈기는 했니더. 그러고는 경성에 간다 카데요. 그게 뭔지 내막은 모르니더."

 김태준은 온몸의 힘이 쭉 빠져 기둥 모서리에 기대었다.

 눈치 빠른 용준 처가 얼른 그에게 툇마루에 앉을 자리를 권했다. 그러나 막상 그녀는 업은 아기를 달래느라 마당 가운데 서서 연신 몸을 동동거렸다. 그럴 때마다 그녀의 등 뒤에서 아이의 머리가 들썩였다.

 "고것 때문에 지는 시가에서도 친정에서도 면박만 받고 이래 소박맞은 청상으로 있구마요. 그란디 선상님이 시방 문초하시니 몸 둘 바를 모르겠니더."

 "미안하오. 일이 그렇게 되었다니."

 "어디 선상님 탓이겠니껴. 세상이 흉흉하니 안 그러니껴."

 "부탁을 좀 해도 되겠소."

 "그러시더."

 "혹시 처가댁 어르신 좀 뵐 수 있겠소?"

 "글쎄 얼릉 가 여쭤 보겠니더, 선상님은 여기서 쪼매 쉬시고 기다려 주시더."

 자그마한 몸매를 가진 그녀는 아이를 등에 업은 채 놀란 토끼처럼 뛰어나갔다. 마음이 허탈해진 김태준은 툇마루에 앉아 빈 마당을 내려다보았다. 이런저런 생각들이 한꺼번에 쏟아졌다.

 '그간 무슨 일이 일어났던 것일까. 이용준의 품성으로 보아 필시 강압적인 일이 일어났으리라. 무언가 피할 수 없는 일이…….'

동네 강아지가 컹컹댔다. 용준 처가 깔끔한 한복을 입은 노인 한 분을 모시고 나타났다.

노인은 마당에 서자마자 긴 곰방대를 휘저으며 소리부터 질러 댔다. 폭포수 같은 분노가 노인으로부터 쏟아졌다.

김태준은 큰숨을 들이마시고는 자리에서 일어나 노인에게 정중하게 인사를 올렸다.

"명륜학원의 김태준입니다."

"제가 광산 김씨 문중 사람이오. 댁은 아시는지 모르겠으나 그 고서는 대대로 내려온 우리 가문의 소유였소. 얼마나 귀하게 모셔 온 것인데 그걸 훔쳐 가다니! 사위 놈 땜에 이런 고약한 일이 생겼소."

"뒤늦게나마 어르신께 정중한 사과를 드립니다. 미처 헤아리지 못한 결례를 용서해 주십시오."

"예는 집어치우시고 고서나 돌려주시오."

"하지만 고서의 값은 이미 치렀습니다. 여기 영수증과 기록이 있으니 살펴보십시오. 기와집 열 채와 맞먹는 금액이었습니다."

"흥, 그건 그놈 것이 아니라, 본시 광산 김씨 문중 것이오."

노인과 대화하면서 김태준의 머릿속에서는 보름달 얼굴의 남자가 떠올랐다. 동시에 저번에 안동 땅과 그들 조상에게 절을 하던 감격스러운 순간과 해례본을 처음으로 손으로 만졌던 기적 같은 순간들이 겹치면서 머리가 저절로 숙여졌다.

노인은 자신에게 예의를 표하는 줄로 알았는지 더 격앙한 어조로 분노를 표출하기 시작했다.

　김태준은 노인의 감정이 어느 정도 가라앉길 기다리고 있었다. 이윽고 그가 침묵 끝에 말했다.

"네, 어르신. 잘 알고 있습니다."

"그리 잘 알았다면, 선대가 남긴 유물이고 우리 문중이 고이 간직해 온 것이니 다시 돌려주시오."

"어르신, 문중이 그토록 중요하십니까. 나라가 통째로 사라졌는데……. 시대가 시대인 만큼 어르신께서도 다르게 생각해 주실 수는 없으신지요? 해례본은 광산 김씨 문중의 것이지만, 이젠 민족의 보물로 여겨 주시면 안 되겠습니까?"

　이 말에 노인은 잠시 말을 멈추었다. 그도 뭔가 생각하는 눈치였고 갈등하는 것 같았다. 그러나 그래도 어쩔 수 없다는 듯이 고개를 저으며 같은 말을 반복했다.

"난 모르겠소. 도리가 먼저일세. 내 나중에 조상님을 어찌 뵙겠는가?"

"제가 용준 군을 빨리 찾아내겠습니다만, 그 고서는 이미……."

"어허, 그건 내가 한 거래가 아닐세. 그저 돌려만 주시게."

"어르신, 이젠 조선이란 나라도 없어졌습니다."

"으흠, 내 모르겠다 하지 않소."

"부디 부탁드립니다."

　김태준이 정중하게 절을 하듯 몸을 낮게 숙였다. 노인은 헛기침

하더니 몸을 돌려 그길로 곧바로 나가 버렸다. 부엌 근처에 서 있던 용준 처는 어쩔 줄 몰라 하다가 아기를 업은 채로 노인의 뒤를 쫓아 나갔다.

덩그러니 남겨진 김태준은 넋이 빠지고 낙담도 되어 한참 동안 집 마당을 내려다보고 있었다. 등 뒤에서 어떤 기척이 느껴졌다. 고개를 돌리니 아이가 장지문 사이로 고개를 살그머니 내밀었다. 한눈에 이용준의 아들임을 알 수 있었다.

김태준은 손짓으로 아이를 불렀다.

"얘야, 너 몇 살이니?"

아이는 오른손을 활짝 펴고 왼손으로 두 개를 세우면서 수줍은 미소를 지었다.

"일곱 살이구나."

그가 고개를 끄덕였다.

"이리 가까이 좀 오렴."

김태준이 다정한 투로 말하자 아이가 스스럼없이 다가왔다.

"외할배는 가셨니껴?"

아이의 선한 눈매가 어김없이 용준을 닮았다.

"그래."

아이는 갑자기 눈에 힘을 주고 입을 삐죽댔다.

"우리 아부지가 나쁜 거 아닌 거 맞니껴."

"아니고말고. 이 아저씨가 네 아버지를 잘 알고 있지."

금세 밝은 얼굴이 된 아이가 대뜸 대꾸한다.

"그카믄, 할배 말씀은 틀렸쓰이."

김태준은 말없이 아이 머리를 쓰다듬었다. 아이는 자신의 죽은 아들과 나이가 얼추 비슷했다. 가슴이 쓰라렸다. 식민지 고난이 여기까지 잠식했구나 하는 탄식이 흘러나왔다. 김태준은 아이의 손을 잡고 툇마루에 망연히 앉아 있었다. 아이의 자그마한 손으로부터 촉촉한 따뜻함이 전해 왔다.

얼마나 시간이 흘렀는지 그가 의식하지 못하는 사이 어느새 용준 처가 돌아와 마당에 서서 김태준을 쳐다보고 있었다. 그녀는 글썽거리는 눈으로 울먹이며 그에게 꼬깃꼬깃 접은 종이를 내밀었다.

"얼마 전 섭이아부지가 보냈구마요. 아즉은 아무도 모르고 있니더. 아범은 연안에 있니더. 친정어르신께서 격노하시는 바람에 집을 나갔다가 친구랑 만주에 가더니 지금은 그리로 갔니더. 아무한테도 말하지 말라고 했니더. 선상님도 아무 말도 하지 마시소. 저도 친정의 온갖 구박에도 입을 여태 닫고 있었니더. 누가 알면 위험하다 카니더. 그러니껴 선상님께서도 그 양반을 너그럽게 용서해 주이소."

김태준은 떨리는 손으로 용준 처가 내민 편지를 받아 들었다.

내용은 간단했다. 곧 만날 수 있을 테니 아이들을 잘 건사하라고, 자기 걱정은 하지 말라고, 하는 가족 염려가 전부였다.

그가 서신을 읽는 동안 용준 처는 한참을 울먹였다. 그녀는 시대의 절망이라도 녹이려는 듯이 눈물로 고난을 정화시키고 있었다.

시골집 앞마당도 점차 어둠에 묻혀 갔다. 갑자기 개울가에 있던 개구리들이 어둠과 대적하겠다는 듯이 개골개골 소리를 질러 마을 전체를 흔들어 대기 시작했다. 개구리들의 소란스러움에 질렸는지 외려 개들은 낑낑대기만 했다.

밀려오는 어둠은 낯선 손님인 김태준도 서두르게 했다. 그는 있는 힘을 다해 민첩한 동작으로 움직일 수밖에 없었다. 이 평화로운 안동에 무슨 일이라도 벌어질까 우려되었다. 무엇보다도 자신에게 위험인물이라는 요시찰의 딱지가 붙어 있는 이상, 그는 어디를 가나 자유롭지 않은 상황이었다. 이번에도 그는 서둘러야 했다.

책

 책은 늘 고요히 존재한다. 그러나 그 안에는 사람들의 이야기가 숨을 죽이고 누군가를 기다리고 있다. 그 누군가가 고요한 세계의 빗장을 열어 생명을 부여하길 한없이 소망하고 있다. 얼어붙은 시간을 녹이는 마법이 발동될 때까지.

 책의 얼굴은 네모나고 딱딱하고 평평하다. 그러나 책은 열면 살아나고 닫으면 관이 된다. 무심히 그 안을 들여다본다면 까만 개미들이 우글대며 줄지어 있는 듯이 보인다. 어떤 질서의 패턴으로 줄지어 가는 작은 벌레 같기도 하다.

 물론 다른 모습들도 있다. 나라마다 시대마다 다르다. 모양들도 끊임없이 변화한다. 지렁이가 꿈틀대는 모습이거나 파도가 치고 물결이 일렁이는 듯한 형태이거나 제각각으로 다양하다.

 어떤 구조를 지니고 있든지 거기엔 환영이 농축되어 있다. 현실을 닮았지만 현실은 아닌, 삼라만상을 고스란히 비친 거울 같은 세상이 있어, 인간의 생각을 한 줄로 서게 한다. 그리하여 그것은 이따금 사람 목숨을 좌지우지하는 이데올로기로, 깨달음으로 이르는 깊고 자비로운 경전으로, 인간 심장을 요동치게 하는 문학으로, 질이나 강도를 높여 무한한 변신을 한다. 또 입술로 중얼거리면 기도나 주문이 되어 무한한 세계로 인도하기도 한다.

이렇듯 세상의 불을 밝히고 나라를 건너고 꿈을 꾸게 하는, 인간의 기억을 불멸로 남게 하는 책이라는 생명체는 스스로 길을 찾아가기도 한다. 마치 꽃이 발화하듯 스스로 이야기를 펼치고 또는 이야기를 펼쳐 줄 인간을 찾아다니기도 한다. 특별한 꽃이 어떤 특별한 대지를 선호하듯이.

인간은 기억에 의지해야만 삶을 살 수 있지만 또한 망각해야만 그 삶을 영위해 나갈 수 있다. 그리하여 망각이란 거대한 심연에 대응하고자, 기억하려는 의도를 가지고 인간이 발명한 도구가 책이다.

한 구절 언문

1866년

구한말 한 소녀가 성경의 언문 번역본을 남겼다는 사실은 믿기 어려울 것이다. 누구는 그게 가능한 일인가 고개를 갸우뚱할 수도 있으리라.

나 정음은 그렇게 생각하는 이들에게 정화라는 이름을 가진 소녀 이야기를 들려주고 싶다. 아마도 그 지역에서 그녀에 대한 기억을 가지고 있는 사람은 아무도 없을 것이다. 남은 것은 책이다. 성경이라는 책. 그녀의 지문이 묻어 있는 누렇게 바랜 원고 뭉치가 어딘가에 남아 있다.

정화의 목소리는 가을 하늘처럼 높고 맑았다. 그녀는 낮이면 고운 손으로 나를 만지작거렸고 밤이면 품속에 품고 가만히 다독였다. 어떤 언문 구절은 종이에 적혀 그녀의 저고리 속에, 때로는 그녀의 치마 속에 숨겨지곤 했다. 낡고 딱딱한 가죽 책에 박혀 있던 낯선 문자들이 그녀로 인해 언문으로 탄생하던 순간들이 아직도 선명하게 떠오른다.

*

 새벽녘이라 날이 찼다. 정화는 마포 나루터에 쪼그리고 앉아 헝겊 보따리에 싸여 있는 언문본을 끌어안은 채 검푸른 강물을 하염없이 바라보고 있었다. 강은 엎어지고 자빠지고 뒤집히다가 뒤섞이면서 무심하게 흘러가고 있었다. 얼마 전 강변을 죄다 피로 물들게 했던 사건도 잊어버렸다는 듯이.
 정화는 문득 정신을 차려 두 손으로 강물을 떠서 얼굴을 대충 적시고 흐트러진 머리카락도 매만졌다. 그러고는 다시 강가에 웅크리고 앉아 생각에 잠겼다. 그녀는 수심이 깊은 강물을 들여다보며 이걸 어쩌하나 혼잣말로 중얼거렸다.
 옆으로 고개를 돌리니 어둠 속에서 희미하게나마 잠두봉에 매달려 있는 참수된 머리들이 보였다. 정화는 얼른 고개를 바로 했다. 혹시나 하고 이방의 사제를 생각하다가 곧 머리를 좌우로 흔들었다. 참변이 일어난 이후 그를 찾아 밤새도록 헤맸으나 그의 생존을 아는 사람은 없었다.

퇴기였던 수양어머니를 떠난 후 정화에겐 천주 모임이 그녀의 전부였다. 어렸을 때부터 그녀는 언제나 말에 민감했다. 기방에 있었을 때도 노랫말을 잘한다고 칭찬을 듣곤 했다. 그래도 그녀는 그런 게 무슨 자랑이람? 하고 흘려버렸다. 그 시절엔 그녀는 자신의 모든 것을 비웃었으므로.

 강 저편에서 바람이 육지 쪽으로 불어왔다. 정화는 옷깃을 여미고는 몸을 웅크렸다. 어젯밤 기억을 더듬었다. 설마 아니기를 바랐지만 가까웠던 사람들은 이미 붙잡힌 듯했다. 갑자기 눈앞이 아득해졌다. 품 안에 있는 언문본을 다시 꼭 껴안았다. 그것은 그녀에게 목숨보다도 귀하고 소중한 것이었다. 무슨 일이 일어나더라도 절대 이것만은 빼앗겨서는 안 된다고 마음속으로 되새기고 있었다.

 지난겨울 내내 정화는 곱은 손을 불어 가며 이방의 단어들을 하나하나 꼼꼼하게 종이에 베껴 적곤 했다. 생소한 말들을 언문으로 바꾸는 일이었다. 그녀는 그 말들이 무슨 뜻인지 정확히는 몰랐다. 그러기에 매번 이방 사제의 방문을 기다려야만 했다.

 그녀는 숨을 죽이고 이방인의 말에 귀를 기울였다. 그의 입에서 흘러나왔던 말은 처음 듣는 것들이었다. 한 번도 꿈꾸어 보지 못했던 생각들이었다.

 누구나 천주님의 자녀라는 것, 양인도 천인도 주인도 노비도 남정네도 여인네도 모두 평등하다는 말은 그녀 마음을 몹시 흔들었다. 마치 머릿속이 환해지는 것 같았다. 아니, 겨드랑이에서 날개가 돋아나 불쑥 날아갈 것만 같았다.

그녀는 그 말을 서서도 생각하고 앉아서도 생각하고 걸을 때나 누워 있을 때나 생각했다. 잠시 생각하기도 하고 한참을 생각하기도 했다. 한시도 생각하지 않은 적이 없었다.

한동안 그의 말을 생각하는지 그를 생각하는지 혼란스러웠다. 그것은 둘로 나누어지지 않았다. 그와 그가 전해 주는 말은 따로따로가 아니었다. 시간이 가면 갈수록 그가, 또 그가 한 말들이 가슴에 박혀 그녀의 힘으론 도저히 뺄 수 없는 그 무엇이 되었다.

이방인은 영원한 생명에 대해서도 말해 주었다. 그녀에겐 자신이 천주님의 자녀라는 한마디 말만으로도 충분했지만, 이방의 사제는 더 나아가기를 원했다. 그는 정화의 영혼이 깊어지면 스스로의 힘으로 생명의 샘에 가닿을 수 있다고 했다. 그러나 그가 원하는 것과 정화가 원하는 바가 다를 때가 많았고, 또 그가 말하는 내용과 정화가 이해한 것들이 다를 때도 많았다.

그 후 그녀는 이방인과 함께 성서의 한 줄 한 줄을 언문으로 옮기는 일을 시작했다. 교리문답서나 기도서는 조선어로 된 것들이 있었으나 복음서는 아직 언문으로 번역되어 있지 않은 상황이었다.

그녀는 생각했다. 어찌 될지는 모를 일이라고. 언문으로 번역하여 필사하고 있는 이 수많은 말 중에 어떤 이는 이 말에, 또 어떤 이는 저 말에 마음이 뭉클해질지 모른다고. 자신이 그러했듯이 누군가도 그럴 수 있다고.

　일을 할 때면 주로 그가 말했고 그녀는 그가 하는 말을 듣기만 했다. 가만히 있어도 그녀의 영혼은 뜀박질하곤 했다. 그가 설명해 주는 이방어에 걸맞은 언문이 떠오르면 그녀 머리가 핑 돌았다. 숙고한 끝에 그렇게 탄생한 말들은 밤하늘에서 반짝이는 별처럼 아찔한 느낌을 선사하곤 했다.

　이방 언어는 이상했다. 아무리 상상해 봐도 이해가 되지 않는 세계였다. 우리말에 없는 말과 단어, 표현과 구절이 너무도 많았다. 매 순간 미지의 숲속으로 첫발을 내딛는 것만 같았다. 단어마다 그러했다. 어휘는 더 첩첩산중이었다. 머리를 싸매고 생각을 짜내도 도저히 알 수 없는 것이 부지기수였다.

　무엇보다도 정화는 '빵'이란 게 뭔지 몰랐다. 이방인은 성찬식에서 나누는 것이 빵과 포도주라고 거듭 반복해서 설명했지만, 포도주와 같은 과실주는 우리에게도 있었으나 빵이란 건 생소한 음식이었다. 이방의 사제는 열을 띠며 손짓과 발짓으로 빵을 알려 주느라고 애썼다. 그래도 여전히 알쏭달쏭했다. 보지 못한 것을 이해하는 일은 불가능했다.

　그가 설명하면서 침을 꿀떡 삼키는 것으로 봐서는 아마도 우리네 '떡'과 같다고 생각되기는 했다. 하지만 '빵' 그것으로 살지 말라는 말은 혼란스러웠다. 빵이란 말을 밥으로 옮길 수도 있었으나 왠지 성스럽지 않게 여겨졌고, 더구나 '밥'이라고 하기엔 누구의 밥인지가 애매했다. 임금의 수라인지, 어르신 진지인지, 하인이 먹는 입시인지, 귀신이 먹는 메인지, 게다가 쌀밥인지, 보리밥인지, 끝도 없이 이어졌기 때문이었다. 이방인의 언어로는 '빵' 그 한마디로 충분히 소통되는 모양이었다. 이런저런 씨름 끝에 결국 그녀는 '떡'이란 말로 옮기기로 했다.

그 외에도 이방의 언어에는 이해 불가한 구절이 숱하게 많았다. 하지만 그래도 괜찮았다. 뭐, 우리가 어찌 천주님 마음을 다 알 수 있겠는가, 그건 불가능하다고 정화는 생각했다.

그러나 모른다고 해서 천주님의 말씀을 섣불리 놓칠 수는 없는 일이었다. 한 마디 한 마디가 성스러웠고 한 구절 한 구절이 경이롭고 신비로웠다.

그녀는 언문으로 옮기면서 자주 놀라곤 했다. 말들이 살아 있는 것만 같았다. 말들이 인간의 손길이 닿기를 열망하여 꿈틀대고 있는 듯이 느껴졌다. 말들은 때때로 자기들끼리 부딪치기도 하고, 때로는 협력하기도 했다. 적절한 단어가 생각나지 않아 비워 놓으면 저들끼리 친근한 말을 불러와 빈자리를 메꾸어 주기도 했다. 신기했다. 보이지 않고 만질 수는 없었으나 말들이 살아 있음이.

그녀에게 말이란 그저 사물이 아니었다. 보석보다 영롱하고, 바위보다 묵직하고, 이슬보다 연약하고, 명주실보다 섬세하고 보드라운, 그 무엇이었다.

모든 것의 흔적과 기억을 담고 있는 말들이 입술에 달려 글로 생명을 얻으면 하늘도 산도 인간도 움직일 수 있는 힘을 가진다는 것을 의심하지 않았다. 정화는 점점 이 작업에 매료되었다. 이를 위해 목숨도 내놓으리라고 스스로 다짐하기도 했다.

한편 그녀는 단어의 의미가 고정되어 있지 않다는 사실에 적이 놀랐다. 주어진 상황에 따라 단어는 한 개인처럼 달라지곤 했다. 어떤 단어가 옆에 있는가에 따라 명징해질 수도 있고, 다른 단어와 엮어져 빛나거나 더 아름다워지거나 했고, 눈에 선하게 그려지는 생생한 모습으로 되살아났다.

정화는 알게 되었다. 모든 단어가 홀로 서 있으며, 유일하며, 뜻밖의 신비라는 것을……

강 저편에서 한 점의 불씨가 나타나 금세 불덩어리로 커지더니 주위가 빛으로 가득 차기 시작했다. 강이 깨어나고 모래사장에 파인 발자국들의 모습이 드러났다. 사물들이 한꺼번에 꿈틀대고 발동하고 있었다.

철썩이는 강물 소리도 또렷이 들려왔다. 침묵이라도 하듯 뚝 그쳤던 강물이 다시 힘찬 소리를 내고 있었다. 나루터에 오가는 사람들이 많아졌다. 이른 아침이면 열리는 장터가 슬슬 움직임을 보여 주고 있었다. 장을 보러 오는 아낙네들도 꽤 있었거니와 드문드문 낯익은 얼굴도 눈에 띄었다. 어느새 포졸도 뒷짐을 지고 어슬렁거리는 걸음으로 나타났다.

상인들은 물가 쪽 자리를 놓칠세라 서둘러 장사판을 벌였다. 강을 따라 줄지어 늘어선 나룻배 쪽에는 어부들이 잡아 온 생생한 생선들이, 마주 보는 쪽에는 농부들이 농작해 온 채소나 곡식들이 놓여 있었다. 그런가 하면 남쪽 지방에서 올라온 젓갈 장수가 비린 냄새를 풍기는 새우젓 갈치속젓 어리굴젓을 지게로 짊어지고 돌아다니며 팔고 있었고, 어떤 어부는 배 선미에서 꿈틀대는 오징어를 들어 보이며 호객하고 있었다.

장터의 북적거리는 틈새를 어떤 여자가 욕설을 내뱉으며 지나갔다. 머리는 웬만한 봉두난발보다 더 엉망이었고 저고리 밑으로 젖가슴이 반쯤 드러나 있었다. 그녀는 옷차림도 모습도 추레했다. 여자는 멍한 눈으로 이 사람 저 사람을 두리번거리며 장터를 쏘다녔다. 어쩌면 그녀도 자신처럼 누군가를 찾아 헤매고 있는지도 몰랐다. 그렇지만 사람들은 물건을 사고파는 데만 열중하느라 그다지 그녀에게 관심을 두지 않았다.

여자는 누가 조금만 밀어도 금방 꼬꾸라질 것만 같았다. 그런데도 계속 욕을 씨부렁대며 사람들 사이를 비집고 다녔는데, 새 부리처럼 튀어나온 입에서는 거친 육두문자가 쏟아져 나오고 있었다.

"이 오라질 놈의 세상! 벼락 맞을 놈들아, 모두 뒈져라, 뒈져! 육시할 것들! 똥물에 헹굴 것들! 뼈를 부러뜨려 씹어 먹어도 시원찮은 놈들! 죄다 뒈져라, 뒈져 버려!"

그녀가 퍼붓고 있는 말들은 실제로 인간이 다른 인간에게 가하는 온갖 잔혹한 행위를 열거하는 것과 다를 바 없었다.

여자는 어떤 세계를 훔쳐 듣는 듯이 고개를 반쯤 위로 꺾은 상태로 걸어갔다. 그러다가 덜컥 걸음을 멈추고는 뭔가 다시 생각나는 듯이 그녀만이 아는 대상에다 무자비한 욕설을 퍼부었다.

그때였다. 나루터에 도착한 어떤 남자가 나룻배에서 정화를 향해 '어이, 어이!' 소리치며 손짓하는 모습이 눈에 들어왔다. 정화는 그를 금방 알아보았다. 뱃사공 임씨였다. 그날 모두가 혼비백산하여 흩어진 후에 처음 만나는 사람이었다.

그녀는 반가운 나머지 웅크리고 앉았던 바닥에서 후다닥 일어났다. 그러나 바로 그때 순간적으로 두려움이 스쳐 갔다. 혹시라도 장터에 있는 누군가가 그들을 알아본다면 자신만이 아니라 뱃사공 임씨도 위험할 수 있었다. 그녀는 고개를 숙이고 몸을 웅크리며 다시 그 자리에 쭈그려 앉았다.

아닌 게 아니라 어떤 자가 포졸에게 다가가는 게 보였다. 그가 뱃사공 임씨를 손가락으로 가리켰다. 그 순간 뱃사공 임씨도 알아챘는지 얼른 뱃머리를 돌렸다. 포졸 하나가 즉각 호루라기를 불었다. 나루터가 순식간에 얼어붙었다. 어떤 움직임이 먼저 일어났는지 확실치 않았다. 어젯밤처럼 공포스러웠고 모든 게 너무도 순식간에 일어났으므로.

포졸이 임씨를 쫓아가는 걸 보고 정화는 뒷걸음쳤다. 등 뒤로 계속 호루라기 소리가 들려왔다. 째지는 소리가 귀뿌리까지 흔들었다. 그녀의 심장이 쿵쿵 뛰었다. 조금 아까 욕설을 퍼부으며 장터를 누비던 여자도 어딘가로 뛰어가고 있었다.

웬일인지 포졸들은 욕쟁이 여자를 쫓아갔다. 그 덕분에 정화는 멀찌감치 도망칠 수 있었다. 한편 그녀는 임씨와 말을 나누지 못해 못내 아쉬웠다. 이방 사제의 소식을 그에게 물어 볼 수 있었을 텐데, 하고 투덜거렸다.

하지만 뱃사공 임씨의 목숨이 더 중요했다. 그는 나루터에서 새우젓이랑 젓갈이랑 건네는 장사꾼이었지만 실은 예배당 중심축에 속했다. 그런 그가 왜 그리 '어이, 어이' 소리를 질러 주의를 끄는 어리석은 행동을 했는지 이해가 되지 않았다. 한편 이해가 되기도 했다. 어쩌면 그도 반가워 그랬으리라. 그것은 또한 관군에게 잡혀가지 않은 신도가 몇몇밖에 남지 않았다는 상황을 짐작게 했다.

병인丙寅년에는 폭우로 강가 움막집들이 죄다 물에 잠겼다. 돛단배와 고깃배가 침몰했으며 무엇보다도 사람이 많이 죽었다. 관군은 이 재앙을 누군가에게 뒤집어씌우려고 했다. 조정은 나라 질서를 교란하고, 이방의 신을 믿는 무리의 짓이라고 공표했다. 불순한 사상으로 백성을 현혹하고 있는 무리를 엄격하게 다스린다고 했다. 그리하여 배교하지 않는 천주학쟁이는 참수하라는 명이 내려졌다.

'잡히면 칼로 목이 베일 것이고, 머리가 허공에 매달리게 될 것

이다. 죽은 얼굴을 세상에 보이게 하다니.'

정화는 그 생각을 할 때면 몸서리가 쳐졌다.

하지만 병인년에는 교회당을 드나드는 역관으로부터 중국어 성서를 얻을 수 있었다. 그것을 참조하면서부터 언문 작업에 속도가 붙기 시작했다. 이방인이 자주 웃는 일이 많아졌다.

그즈음 그들을 여러모로 도와주는 처녀가 있었는데 이름이 채용이었다. 그녀는 선교사에게 상냥하고 친절할뿐더러 정화와 학당에도 같이 다니는 학우였다. 채용은 그들이 일하는 예배당 사무실을 자주 들락거리며 누룽지나 찐 고구마를 간식으로 가져다주기도 하고, 번역된 언문을 들여다보며 참견하기도 했다. 그럴 때면 채용의 눈빛이 야릇해졌고 눈 주위가 푸르스름한 빛으로 물들었다.

어느 날 정화가 다니는 학당의 학감이 그녀를 불렀다.

"네가 선교사님과 하는 일이 뭐냐?"

학감의 엄격한 어조에 정화는 금방 주눅이 들었다.

"그분 일을 도와드리고 있습니다."

"그건 알고 있다. 그게 정확히 뭐냐고 묻는 거다."

"자세한 건 말씀드리기 어렵습니다만, 천주님의 일을 하고 있습니다."

이방의 사제는 성서 언문 작업이 알려지는 것을 극히 꺼려했기에 정화는 이에 관해서는 말을 아낄 수밖에 없었다.

"그러냐? 학당도 천주님 일을 하고 있다는 건 알고 있겠지?"

"예."

정화가 공손히 대답했다.

"맹세하거라. 이상한 말이 또 들려오면 그땐 다시 학당에 나올 수 없느니라. 알았느냐?"

정화는 낭떠러지로 떨어지는 기분이었다. 그러나 학감에게 경고를 받았다는 일은 아무에게도 발설하지 않았다.

그 후 여러 주가 흘러갔다. 정화는 어떤 상황에서도 신중한 몸가짐을 잊지 않았고, 누구에게도 오해나 불쾌감을 주지 않으려고 바른 행동거지에 애를 썼다. 한편으론 언문 작업이 상당히 빠르게 진척되고 있었다. 이방 사제는 작업 속도에 몹시 기뻐했다.

그러던 중 정화는 또 흉한 소리를 듣게 되었다. 예배당 부엌에서 아주머니들이 저희끼리 속닥거리며 뭔가의 후렴을 난발하고 있었다. 정화가 부엌에 들어오자 모두가 입을 다물었지만 그녀도 눈칫밥을 먹고 자란 터라 뭔가를 직감할 수 있었다.

교회 내에서도 점차 수상쩍게 보는 눈들이 많아지고 그녀에 대한 근거 없는 쑥덕거림이 늘어났다. 그녀가 지나갈 때면 여인네들은 귀엣말을 소곤거렸다.

그러던 차에 학당에서는 기다렸다는 듯이 공식적 통고를 보내왔다. 시집도 가지 않은 처녀가 늘 이방인 남자와 붙어 다닌다는 자체를 못마땅하게 여기고 있던 학감은 더는 물의를 일으키는 학생을 받아들일 수 없다는 내용이었다.

그녀가 기방을 떠날 수 있었던 것도, 학당에서 공부할 수 있었던 것도 실은 교회당의 도움으로 비롯되었다. 그러나 이제는 학당도 교회도 교우들도 그녀의 성서 사역에 동의하지 않았다. 아직은 언문 복음서가 필요한 때가 아니라고들 했다. 감히 아녀자가 앞서서 나설 일도 아니라고들 했다. 아직은 교황청에서 허락이 떨어지지 않았다고 했다.

작고 세세한 반대와 부정적인 시선이 이방의 사제에게도 타격을 준 것 같았다. 성서를 우리말로 옮기려면 정화는 그가 없이는 불가능했다. 이방인도 웬일인지 다른 사람을 원치 않았다. 두 해에 걸친 작업 동안 신뢰가 쌓이기도 했지만 그는 정화의 진지하고 헌신적인 태도를 마음에 들어 했다.

소문은 산불처럼 번졌다. 이방의 사제가 맡고 있는 선교에도 문제가 생겼다. 설상가상으로 그는 선교본부로부터 경고를 받았다. 정화는 그가 누군가로부터 경질의 대상이 된다는 일은 꿈도 꿔보지 못한 일이었다.

여러 면에서 그 또한 다른 선교사들과 불화와 갈등으로 고초를 겪고 있었다. 하지만 그는 자신을 변명하지 않았다. 성서를 언문으로 번역하는 작업이 선교보다 중요한 일이므로 멈추지 않겠다고 했다. 그가 또박또박 말했다. '신은 말씀이 되어 세상에 온 것'이라고.

이래저래 출구가 없는 형국이었다. 의료 선교사이기도 한 이방의 사제는 외딴 마을로 보내졌다. 아오개 언덕 너머에 있는 벙어리 마올이었다. 백정이나 반인들이 촌락을 이루어 살고 있었는데, 그들은 상당히 배타적이고 호전적인 사람들이었다. 도적이나 도살이 흔했기에 예부터 금제를 어긴 범인들이 이곳에 숨으면 포교가 추적할 수 없었다. 포교의 추적을 피해 숨어든 외부인이 많았으나 본디부터 살고 있던 벙어리들도 꽤 있었다.

정화는 이방의 사제를 따라갔다. 그들은 공백의 시간도 두지 않고 곧장 버려진 움막에서 그간 해왔던 일을 계속했다.

그곳은 누추하고 열악했다. 막상 그녀보다 이방인이 더 힘들어했다. 대체로 먹을 걸 구하는 게 쉽지 않은데다가, 마포 나루터까지 걸어가 간신히 얻어 온 젓갈이나 곰삭은 반찬들은 이방인의 위에서 반란을 일으키곤 했다. 그는 잦은 배탈에 시달렸다. 드러내지는 않았지만 자기네 음식을 그리워하는 눈치였다. 전엔 다른 선교사들과도 만나며 시간을 보내기도 했으나 벙어리 마을로 옮겨 온 후로는 그도 외톨이가 되었다.

정화는 그와는 반대 상황이었다. 전처럼 남들의 눈길 때문에 몸을 사리거나 이방의 사제를 기다리느라 무료한 시간을 보내는 일이 줄었다. 한결 마음이 편해졌고 전적으로 일에 몰두할 수 있기에 말을 타고 달리는 듯한 속도가 붙었다.

서로의 처지는 달랐지만 번역된 언문들이 차곡차곡 쌓이는 소리를 듣는 일은 두 사람의 기쁨이 되었다.

마포 나루터에서 도망친 후 정화는 내내 덤불숲 아래 숨어 있었다. 날이 어두워지기를 기다리며 그녀는 이방인을 떠올렸다.

'그는 지금 어디에 있을까, 만약 잡혀갔다면 참수형을 면하기 어려울 텐데. 혹시 구사일생으로 어딘가에 피신하고 있다 해도 결국엔 안전하지는 못할 텐데.' 혼잣말로 중얼거렸다.

그가 어디에 있든지 이방인도 언문본을 걱정하리라, 생각하며 정화는 큰 숨을 내쉬었다.

지난밤에 일어난 난리가 다시 떠올랐다. 달도 없고 별도 없어 주변은 몹시 어두웠다. 그래도 신도들은 집회소로 소리 없이 꾸역꾸역 모여들었다. 하지만 그들 눈빛에는 두려움이 깃들어 있었다. 예배가 시작되자 분위기는 곧 차분해졌다.

얼마 지나지 않아서였다. 미사 도중에 누군가가 관군이닷! 하고 자지러지게 소리를 질렀다. 그러자 신도들이 혼비백산하여 서로 밀치고 이리저리 몰리면서 삽시간에 집회가 아수라장으로 변했다.

벼락 치듯이 일어난 지라 누가 잡혀가고 누가 도망갔는지 알 수 없었다. 순식간에 모두가 뿔뿔이 흩어졌다. 정화도 불시에 이방의 사제와 헤어지게 되었다. 그믐이라 어두웠고 누가 누구를 챙길 여유도 없었다. 그 와중에도 정화는 언문 보따리를 챙길 수 있었다. 한밤중에 이르러서 근처 일대 초가집들이 모조리 불에 타 버렸다. 관군들이 불을 지른 것이다.

정화는 덤불숲에서 한 발짝도 움직이지 않았다. 으슥하고 그늘진 나무 아래 웅크리고 앉아 생각에 잠겼다가 보따리를 품에 끌어안다가 한숨을 내쉬다가 하는 것 외에는. 딱히 어디를 찾아갈 곳도 없었다. 막막했다. 무엇보다도 언문본을 어찌해야 할지 몰라 땅이 꺼질 듯한 한숨을 거푸거푸 내쉬고만 있었다.

 어디선가 난데없이 새들이 날아와 날개를 퍼드덕거리며 정화가 몸을 숨기고 있는 수풀 위로 차례대로 앉았다. 정화는 놀라 위를 올려다보았다. 마치 새들이 머리 위로 날아온 것만 같았다. 새가 죽은 자의 영혼이라는 말이 떠올랐다.

 새들은 잠시 앉아 있다가 이내 후다닥 날아가 버렸다. 어디로 갔는지 보이지 않았다. 조금 후 다른 무리의 새들이 나무 위로 날아왔다. 손바닥만 한 잡새들은 무지막지하게 지지배배 떠들어 댔다. 무슨 모의라도 하듯 조잘대던 새들도 갑자기 휘리릭 떠나갔다. 다들 가 버린 줄 알았는데 웬일인지 두 마리는 그대로 남아 있었다. 두 마리 새는 재재거리지도 않았다. 이따금 고개를 주억거리더니 해가 뉘엿뉘엿 넘어가자 이윽고 그들마저 푸드덕 날아가 버렸다.

 정화는 새들이 희미한 점이 될 때까지 오랫동안 쳐다보았다. 이유도 없이 쓸쓸했다. 언문본을 가슴팍으로 당기며 고개를 위로 젖혔다. 두 마리 새가 날아간 나뭇가지 사이로 아오개 언덕이 보였다.

 주위가 진득한 흙처럼 어둑어둑해질 때까지 기다리던 정화는 이윽고 덤불숲을 헤치고 일어났다. 그리고 아오개 언덕을 향해 천천히 발걸음을 옮겼다. 석양의 붉은 햇살이 걸어가는 그녀의 머리카락에 스며들었다.

아오개 언덕에는 몇몇 사람이 모닥불을 피우고 있었다. 그들은 등을 돌리고 모닥불 주위로 둥글게 서 있었는데 뒷모습이 커다랗게 부풀어 거인처럼 보였다. 지난밤의 화재가 다시 생각났다.

정화는 콩닥거리는 가슴을 진정시키며 모닥불을 피우고 있는 쪽으로 다가갔다.

그녀가 다급하게 물었다. 혹시 이방인을 보았느냐고.

으으으 어어어 버버버버……, 벙어리들은 고개를 저으며 신음하는 듯한 낮은 소리를 냈다. 모닥불 잔가지에서 불똥들이 사방으로 튀었다.

정화는 다시 손짓으로 이방인의 검은 옷과 수염을 자세하게 그려 갔다. 마지막으로는 한 손으로 목을 그어 대는 동작을 했다. 벙어리들이 눈을 껌뻑이더니 말을 할 수 있는 한 남자를 데려왔다. 백정 사내였다.

"혹시 선교사님 못 보셨나요?"

"누구요?"

"눈이 파랗고 키가 크신."

"모르겠구먼요."

사내가 고개를 절레절레 저었다.

"지는 내내 여기에 있었지만 못 봤시오."

정화의 머릿속으로 끔찍한 장면이 그려졌다. 찬바람이 으스스 불었다. 갑작스레 주위가 음산해지고 바람은 나무들 사이를 비집고 들어가 숲속에 숨죽이고 있는 작은 짐승들을 위협했다. 푸다닥, 박쥐들이 검푸른 밤하늘로 날아갔다. 정화는 관군처럼 보이는 박쥐 무리가 날아가는 쪽을 두렵게 쳐다보았다.

'그는 정말로 관군에게 붙잡혀 갔을까?'

그녀는 혹시나 해서 마을 구석구석을 일일이 가보았다. 아무 데서도 이방인의 흔적을 찾을 수 없었다. 이제 더는 갈 곳이 없었다. 허리께 메어져 있는 헝겊 보따리를 매만지며 혼잣말로 중얼거렸다.

'먼먼 그의 나라로 돌아갔을까? 그러면 이를 어떡하나, 이 언문본을?'

정화는 보자기에 싸인 언문본을 다시 가슴팍으로 끌어당겼다.

순간 이방인의 종잇장처럼 희고 창백한 얼굴과 바다처럼 푸른 눈이 떠올랐다. 정화는 곧 머리를 흔들었다. 그가 이곳에 없다면 이 언문본을 어딘가에 맡겨 놓아야 할 것이었다. 그녀 목숨 또한 어찌 될지 모르기에.

바람이 일면서 어두운 숲속으로부터 솨솨 소리가 들려왔다. 그녀는 몸을 움츠렸다. 관군의 발걸음 소리처럼 느껴졌다. 그녀는 불안한 눈으로 주변을 세세히 더듬었다. 들려오는 것들마다 그녀의 심장을 더욱더 죄어 오는 듯했다. 몸이 떨렸고 불안의 틈새로 어떤 말이 손길을 내밀 듯이 다가왔다.

'가장 슬픈 이들은 말 못 하는 자이다. 또한 글을 못 읽는 자도 그러하다.'

정화는 그 자리에 박힌 못처럼 움직이지 않고 그 말을 가만히 되풀이했다. 캄캄한 암흑에서 어렴풋이 가느다란 빛이 떠오르는 것이 느껴지고, 가까이 지내던 벙어리 농부 가족이 그녀의 심상에 그려졌다.

'아, 그들이라면…… 설령 내가 없더라도…… 나의 꿈을 전달할 수 있으리라.'

정화는 웅크렸던 등을 폈다.

이방의 사제는 말하곤 했다. 다른 곳에서도 번역 작업이 진행되고 있다고. 혹시라도 박해가 느슨해지면 그들에게 언문본을 전달해도 좋다고. 누구의 작업인가를 나누거나 가르거나 따지는 것은 의미 없는 일이라고.

그들이 번역한 언문 성경이 누군가의 마음에 가닿을 수 있다면, 그녀 또한 그것으로 족했다. 그 이외엔 어떤 것도 바라지 않았다. 한 구절 언문이 형언할 수 없는 반짝임을 주었던 찰나의 순간만으로 한없이 벅찼으므로.

그녀는 허물어진 움막집으로 달려갔다. 뛰어가며 어두워진 하늘을 우러러보았다. 희미하게 빛을 발하기 시작한 저녁 별들이 그녀에게 손짓이라도 해 주듯이 흔들리고 있었다.

그녀는 작고 누추한 움막집에서 곤하게 자고 있는 벙어리 농부와 그의 식솔들을 흔들어 깨웠다.

 좌포도청 쪽으로 걸어가는 내내 바람이 불었다. 마른 가랑잎들이 바람에 따라 이리 몰렸다가 저리 몰렸다가 소용돌이를 치고 있었다. 그녀는 나부끼는 머리칼을 매만지고 저고리 옷깃을 여미면서 서둘러 걸어갔다. 혹시 이방인이 거기에 있지 않을까 하는 희망을 품고.
 홑겹 저고리에 파고드는 찬바람 때문인지 몸은 덜덜 떨렸으나 마음은 날리는 솜털처럼 가벼웠다. 움막에 사는 벙어리 부부에게 언문본을 맡겼으므로.
 바람은 아까보다 더 세게 불었다. 참수된 천주학쟁이 머리들이 성문 앞 높은 장대에 꽂혀 있는 것이 보였다. 사방에서 불어 대는 바람 소리가 우우거리는 인간의 아우성처럼 들렸다. 그녀는 인간이 모욕당하고 있는 모습을 쳐다보고 싶지 않았다. '피흘림'만이 해결이라고 믿는 자, 칼로 인간의 마음을 바꿀 수 있다는 자, 눈에 보이는 것이 전부라며 살아가는 자들을 비웃을 수 있다고 생각했다. 감히 인간이 인간에게 저런 짓을 하는 것을 용납할 수 없다고 생각했다. 그녀는 그런 말들을 머릿속에서 크게 외치고 있었다.

 어둠침침한 옥은 천주쟁이들로 꽉 차 있었다. 그곳은 너무도 비좁아 앉을 수도, 누울 수도, 움직일 수도 없을 지경이었다. 구저분한 냄새로 숨이 막힐 정도였다. 아녀자들은 대부분 홑옷을 입고 있었고 두려움으로 몸을 떨고 있었다. 그들 가운데엔 낯익은 여자들이 많았다.

마포 나루터에서 육두문자 욕설을 내뱉으며 장터를 지나갔던 여자도 있었다. 그녀는 이제 입을 다물고 있었으나 여전히 하늘의 말을 알아들으려는 듯 고개를 반쯤 위로 꺾은 채 있었고, 그녀 옆에는 정화를 모함했던 채용이도, 흉을 보며 수군대던 아주머니들도 함께 있었다. 그네들은 정화를 보고도 무감한 표정으로 멍하니 쳐다보기만 했다.

포도청 옥은 둘로 나뉘어 남정네와 아녀자들이 따로 수감되어 있었다. 어떤 이들은 뱃사공 임씨도 남정네 옥에 갇혀 있다고 했다. 또 어떤 이들은 이방인이 혼자 도망갔다며 원망하기도 했다.

정화는 남몰래 고개를 저었다. 만약 그가 남정네 옥에 있다면 까만 머리들 가운데 눈에 금방 띄일 텐데, 하는 생각에 머리를 숙였다.

늦은 밤까지도 포도청 옥졸들은 조정의 지시가 내려오길 기다리고 있었다. 그들은 그 막간에 밤참을 먹으며 저희끼리 눙치며 떠들어 댔다. 흥분한 목소리로 미루어 보아 술을 마시는 모양이었다.

"저것들 죄다 미쳤능가벼? 하기야 윗것들도 다를 바가 없지만."

"쉿, 말조심하라고!"

"뭘 그려, 틀린 말은 아녀. 저것들은 서양 귀신에게 홀렸고 윗것들은 서양 나라에 홀렸으니, 피장파장이여."

"에잇, 자넨 입 좀 다물라니까!"

"시방 내 말이 엉터리 말이 아니라니까. 근데 말이여, 천주학쟁이들이 말하기를, 양반과 상놈이 구분이 없다고 하잖어. 그기 참 요상한 말이긴 해. 어찌 좀 두렵기도 허고. 안 그려? 허지만 사내와 계집이 구별이 없다는 건 틀렸어, 그게 말이나 되나? 엄연히 사내는 사내, 계집은 계집인데, 안 그려?"

"세상이야 어찌 굴러가든 말든 우짜든 자넨 그 입구녕부터 좀 틀어막으라고! 누가 들으면 어쩌려고 그래."

"그려, 그래도 구분이 없다는 말은 술맛 나게 하네."

"겁나게 겁나는 말이지. 아잇! 시방 헛바닥 고만 놀리자고! 말이란 게 무시무시한 재앙을 불러오는 걸 자네도 여기서 많이 봤잖여!"

"그려도 내가 틀린 말 하는 건 아녀. 소낙비라도 한바탕 쏟아져 이 망할 일이 화다닥 끝나 버렸으면 좋겠구먼. 근데 말이지, 아까 그 비리비리하고 작은 기집애 참말로 놀랍지 않아? 자진해서 제 발로 걸어오다니! 젠장, 여기가 어디라고!"

"그러게 말여. 죽기를 자청했으니."

밤은 달과 함께 빠르게 흘러가고 있었다. 아녀자 옥에는 어린 소녀가 서너 명이나 있었다. 그들은 기꺼이 순교하겠다고 말하면서도 주기도문이 뭔지도 몰랐다. 알려 주려 해도 웬일인지 원치 않았다. 그네들만이 아니었다. 다른 아녀자들도 관심이 없었다. 아멘 아멘

하고 있을 뿐, 말씀도 교리도 알고 싶어 하지 않았다.

정화는 혼란스러웠다. 그것은 그녀에게 깊은 수수께끼였다.

'스스로 읽어 보지 못해서일까. 그래서 천주님의 말씀을 중요하지 않다고 여기는 걸까.'

정화는 소녀들 사이를 비집고 들어가서 몸을 낮추었다. 그러고는 작은 몸을 웅크리며 이해할 수 없는 것들에 대해 생각했다.

'어쩌면 각자마다 믿는 천주님이 다른 것이 아닐까. 아니면 아직 언문으로 된 성경을 만나지 못해서일까.'

이 물음들은 그녀에게 슬픔을 주고 있었다. 그녀로서는 답을 알 수 없다고 생각했다. 이방의 사제가 옆에 있다면 물어보고 싶었다. 그의 존재가 그리웠다.

밤이 깊어서야 안면 있는 신도 하나가 정화에게 다가와 귀띔으로 소식을 전해 주었다. 이방의 사제는 거기에 없다고.

정화는 안도의 숨을 내쉬었고 가슴을 쓸며 간절한 마음으로 기원했다. 이방인의 고향이 어딘지는 모르지만 그가 무사히 살아 돌아가기를…….

그런 후 그녀는 바닥에 쪼그리고 앉아 모두가 천주님 자녀라는 한 구절 말을 들었을 때의 기억을 떠올렸다. 그 형용할 수 없는 순간을 다시 떠올리면서 정화는 엎드린 채 소리 없이 오래오래 울었다.

해가 어둠 저편에 잠겨 어슴푸레한 이른 새벽, 그녀는 천주학쟁이 무리에 섞여 망나니의 칼을 받았다.

 칼날이 그녀의 목을 지나갈 때, 머리가 꺾어지는 그 찰나에 마치 입맞춤이라도 하듯이 정화의 입술이 저고리 섶 옷고름에 살며시 닿았다가 떨어졌다. 아무도 몰랐지만, 그 옷고름에는 그녀가 목숨인 양 여겼던 한 구절 언문이 고운 실로 꿰매져 있었다.

고서적

천태산인 1944년

김태준은 책상 앞에 조용히 앉아 있었다. 오랫동안 아끼고 간직해 왔던 책 궤짝 앞에 시선을 떨구고 몇 시간 째 생각에 잠겨 있었다. 그에게는 선대로부터 물려받은 고서적, 연구를 위해 어렵게 구했던 전문서, 위대한 혼이 서린 고전문학 등의 진귀한 고서들이 들어 있는 궤짝이 자그마치 스무 개도 넘었다.

'연안에 있는 이용준을 찾아가려면?'

김태준은 큰 소리로 말하듯 자신에게 물었다.

날이 어두워지자 그가 자리에서 벌떡 일어났다. 궤짝으로 다가가 단호한 손놀림으로 그것들을 하나하나 열어젖혔다. 책 먼지가 뿌옇게 일었다.

그 순간 그는 고서적들이 아우성치는 것을 보았다. 아니, 들었다. 아마 상상했을 것이다.

그들 중 어떤 것은 그로 의해 학계에 소개되었고, 어떤 것은 『조선한문학사』를 집필할 때 귀한 참고로 쓰였고, 또 어떤 것은 재해석되어 강의 자료로 변신되기도 했었다. 이제 그들은 궤짝 안에서 저희끼리 엎어지고 밀치고 쓰러지고 버티고 있었다. 팔려 나가기를 거부하겠다는 듯이.

그가 궤짝을 엎었다.

정체 모를 소리가 쏟아져 나오고 마법에 갇혔던 것들이 튀어나왔다.

그것들은 그를 움직이고 살게끔 했던 생명이었다. 얇은 종이로 만들어진 네모 상자들은 그의 정신을 축조한 주춧돌과 다를 바가 없었다. 누구보다도 그에게 깊은 영향력을 행사했으며 그와 함께 길을 걸어왔던 친밀한 동반자였다. 가슴을 요동치게 하고, 새로운 꿈을 꾸게 하고, 그의 영혼에 불을 환히 밝혀 주었던…….

김태준은 바닥에 엎어진 동료들에게 큼지막하고 따뜻한 손을 얹었다. 그리고 책 겉장을 하나하나 조심스레 어루만졌다. 자신의 손이 그들의 시간을 기억할 수 있도록.

어느 사이 자기도 모르게 눈이 저절로 감겼다.

그때 누군가가 입을 열었다. 얼싸둥둥 고려가요 동동 곡에 나오는 우리말 고어가 튕겨 나왔다. 어라 하마 두둥둥 후렴이 따라붙었다. 머실랑 그러당가잉 소리가 뒤를 이었다. 그라니께니 나아 안 살라니께 퉁명스러운 사투리도 내뱉어졌다. 저항하는 소리들이 뭉치고 꿈틀대고 힘을 합쳐 판소리 사설처럼 떠들어 댔다. 점점 소리가 갈래로 퍼지고 증폭되더니 춘향전의 절개 굳은 통곡이, 홍길동의 획획 뜀박질 소리가, 흥부전에 슬금슬금 박을 타는 흥겨운 노래가 들려왔다. 이어서 옳다구나, 다른 고전들도 자신만의 고유한 고성을 질러 댔다. 이윽고 실내는 들끓는 아우성으로 가득 찼다.

"그만!"

김태준이 소리를 질렀다. 그가 책에 고함을 지르는 것은 생전 처음이었다.

갑자기 그들이 조용해졌다.

이 모든 일은 김태준이 피곤한 나머지 잠깐 졸다가 잠결에 들었을 수도 있었다. 고서적들을 목숨처럼 여기는 그에겐 어떤 현실보다도 더 실제처럼 느껴졌지만.

그도 이제 차분해졌다. 비가 쏟아져 내린 후의 대지처럼 마음이 가라앉고 평온해졌다. 이때다 싶어 그는 온 힘을 다해 손때 묻은 책들에게 호소하고 고백했다.

이번 일엔 많은 사람의 목숨이 걸려 있다고, 갑작스러운 조처를 용서해 달라고, 다시는 서로 못 볼지도 모르나 함께 나눈 시간은 영원할 것이라고…….

책들은 인간의 마음을 읽을 줄 알았다. 게다가 책들은 그에게 여비까지 마련해 주었다.

진홍

 대설을 앞두고 하염없이 내리는 눈으로 주변은 희뿌옇게 변해 있었다. 서적상 영감에게 책을 모두 팔아넘기고 집으로 돌아오는 길이었다.

 아침저녁으로 다니던 길인데도 생소했다. 길바닥도 제대로 보이지 않았고 한 걸음 내디딜 때마다 이상한 다른 세계로 이어지는 듯한 느낌이었다. 하늘도 땅도 사람도 흰 눈송이에 엉겨 붙은 한 덩어리로 부유하고 있었다. 고개를 위로 쳐들자 젖은 눈송이들이 우르르 얼굴로 쏟아지는 바람에 김태준은 눈을 감을 수밖에 없었다.

 사실 눈도 비도 똑바로 내리지 않는다. 절대 가지런히 오지 않는다. 역사가 그러하듯 이리저리 흔들리며 내린다. 지상에 와서도 그다지 오래 머무르지 않는다. 그렇기에 견딜 만하고 잠시 머물다 사라지기에 버틸 만하다고, 생각하며 김태준은 고개를 숙이고 집으로 돌아왔다.

집 안에 들어가자 진홍이 방에서 혼자 훌쩍대고 있었다. 평상시와는 전혀 다른 모습인데다 그녀답지 않게 행동하는 걸 보고 김태준은 적이 놀랐다.

"투사가 울다니, 웬일이오?"

작은 몸집의 진홍이 어깨를 들먹이며 흐느꼈다.

"뭐, 나라고 심장이 없나요?"

"대체 왜 우는 거요?"

"뭔가 보태고 싶었지만 내가 가진 거라고는 감옥소 이야기뿐이라……."

말을 끝내기도 전에 그녀가 또 흐느꼈다.

함흥이 고향인 진홍은 여고 시절부터 지하운동가였다. 청춘과 목숨을 일제 저항 투쟁에 걸었기에 그녀는 감옥을 여러 차례 들락거렸고 전과 4범의 낙인이 찍혀 있었다.

뭐 그런 일로 그러냐고 얼버무렸으나 내심으론 이상하기도 했다. 이런 여인이 어디서 용기가 나서 일경에게 대들고 모진 고문과 문초에도 함구했으며 절망하지 않고 조직을 만들고 저항을 계속했는지, 조금 전 태도와는 잘 연결이 되지 않았다.

얼마 안 가서 진홍은 다소 진정된 듯했다. 그러나 불은 일단 꺼졌지만 어쩐 일인지 심지가 꺼지지 않아 남아 있는 촛불처럼 앉아 있었다. 그러더니 그녀는 다시 뾰루퉁하게 뺨을 부풀리고 도전장을 펼치듯 물어 왔다.

"그기 그리 중요한 긴가요?"

"갑자기 무슨 말이오?"

"세간살이를 죄다 뒤집어엎어야 할 만큼 안동의 고서가 그리 귀중하냐 그말이야요."

"당연하다마다요, 내겐 혁명보다도 중요하지요."

그로서는 아주 드문 일이었지만 진홍의 난데없는 불만에 자기도 모르게 말이 다소 퉁명스럽게 튀어나왔다.

그러나 어느 때를 불문하고 그녀에게 혁명을 운운하는 것은 위험한 일이었다. 진홍은 절대 말싸움에 지지 않는 여성인지라 어느새 조금 전의 물기는 후딱 말려 버리고 고향 말투까지 써 가면서 방 안을 돌아다니기 시작했다.

"그기 무시기 말이야요! 다른 사램들은 모를질 몰라두 우리네가 어떻게 살아왔는데 그런 말을 하는 거야요! 당신네 학자입네 하는 사램들은 말로만 떠들디만, 우리넨 죽음도 불사하고 목숨까지 걸었던 혁명을 그리 함부로 말하디 말라우요!"

그녀가 펄펄 대들었다.

"미안하오. 폄하하는 말은 아니었소. 나도 상황을 잘 알고 있기에 경성콤에 참여했던 거 아니오? 봉건과 식민에서 벗어나길 간절히 바라지요. 하지만 안동 고서는······."

김태준은 잠깐 말을 멈추었다. 이 호랑이 같은 여인을 대적하려면 전략이 필요하다는 생각이 스쳐 갔다.

"당신네 혁명가들은 왜 구호나 교본을 중시하는 거요?"

"생뚱맞게 무시기 말임메!"

"행동으로 보여주면 될 걸 왜 구호를 부르짖고 교본도 있는가 생각해 보셨소?"

"그기야 뭐, 뭐가 뭔지 모르는 이들을 위해 알려 주려고 만들어 놓은 게 아니갔소!"

"혁명을 하든 종교를 믿든 운동을 하든, 늘 중심엔 근본 사상을 적어 놓은 교본이 있잖소? 그게 없이는 힘을 얻을 수 없지요. 사상이 글이나 문장으로 중심에 존재해야만 인간 마음에 남는 거 아니겠소? 민족 얼을 불러 세우려는 데 있어서 안동의 해례본은 더없이 귀한 것이라오."

"글쎄, 내는 몰라요."

진홍은 또 울음을 터뜨렸다. 그녀는 자신이 아이를 가졌다는 걸 말하기 싫었다. 공교롭게도 오늘이 몇 년 전 감옥에서 낳아 죽은 아이의 기일이기도 했다.

다음 날이 되자 그렇게 극구 반대하던 진홍은 세간살이를 뚝딱 처리해 버리고는 주저 없이 그를 따라나섰다. 사실 가옥도 세간도 중요하지 않았다, 목숨이 붙어 있지 않다면.

사방에선 감시하는 눈들이 번뜩이고 있었다. 감시를 벗어나는 과정이 만만치 않을 테지만 그렇다고 다른 출구도 보이지 않았다. 나라의 상황은 모든 측면에서 극으로 치닫고 있었다.

그들은 따로 움직이기로 했다. 진홍과는 신의주에서 만나기로 하고 김태준은 대학병원 후배에게 빌린 의사 옷차림으로 경성역으로 향했다.

그가 막 개찰구로 들어선 순간 근처를 어슬렁거리는 일본 형사 하나가 눈에 들어왔다. 서로 얼굴을 알고 있었다. 마중을 나온 제자가 얼른 눈치를 채고는 일본 형사에게 다가갔다. 그가 형사에게 말을 거는 틈을 타서 김태준은 급히 등을 돌려 북행 열차 쪽으로 뛰어갔다. 하마터면 떠날 수 없을 뻔했다. 등골이 서늘했다.

경성역뿐만 아니라 열차가 설 때마다 살벌한 일본 경찰과 군인들의 검문이 있었다. 검문소를 만나 혼을 빼고 나면 또 다른 검문소가 나타났다. 안도는 잠시였고 초소마다 검문이 삼엄했다.

위기 또한 매번 끝이 없었다. 위험한 곡예를 하고 있는 형국이었다. 진땀으로 온몸이 범벅이 되고 자칫하면 추락하여 목이 부러질 위험으로 초긴장할 수밖에 없는 곡예. 저쪽 어딘가에서는 숨을 죽이고 그의 움직임 하나하나를 주의 깊게 주시하는 구경꾼이 있고, 매달린 허공에선 날카로운 칼날이 그의 뒷덜미를 노리고 있는 그런 곡예였다.

김태준은 지난한 우여곡절 끝에 신의주에서 진홍과 합류할 수 있었다. 그러나 이번에는 다른 관문이 막고 있었다. 한국 땅의 마지막 관문이었다.

강 언덕에 올라 반대편 쪽을 바라보자니 저 멀리 황량한 벌판이 보였다. 높은 제방 아래로 강물은 쉬지 않고 알 수 없는 곳을 향해 흘러가고 있었다.

백두산에서 발원한 물줄기는 아무것에도 속박당하지 않고 오직 스스로에게만 몰두하며 흐르고 있었지만, 사람들은 넘실대며 자유로이 흘러가는 강의 물살을 가르고 서로 다른 이름으로 명명하고 함부로 국경선을 그어 놓았다. 우리 쪽은 압록강이라 불렀다.

그러나 이 강을 건너려면 누구라도 도강증이 필요했다. 이리저리 수소문하여 가까스로 조선인 상인 하나를 포섭했다. 그는 조선인이었고 조선말을 했으나 혼혈처럼 상반된 얼굴을 지니고 있었다. 헤헤 웃을 적엔 중국인 같아 보였지만 막상 거래할 때는 눈매가 매섭고 날카로워 일본인 같기도 했다. 상인은 말하는 중에 꺼질 듯이 한숨을 내쉬면서 고개를 돌려 자꾸 강 쪽을 쳐다봤다. 그러고는 요즘엔 부쩍 위험해졌다고 투덜댔다.

"도강증을 얻어 내기가 만만치 않디요."

"잘 부탁합니다."

"값이 좀……."

"수고비는 넉넉하게 드리겠습니다."

김태준에겐 선택의 여지가 없었다. 압록강을 건너더라도 곳곳마다 검문소가 있을 테지만 당장 국경을 넘어야 하는 일이 급박했다.

눈치 빠른 상인은 곧 어마어마한 액수를 불렀다. 그가 요구한 금액은 김태준이 갖고 있는 자금의 반이었다. 김태준이 얼굴을 찌푸렸다. 그에게는 생사를 건 탈출이었다. 하는 수 없이 그는 상인이 요구하는 대로 자금의 반을 떼어 주고 헤어졌다.

그런데 일주일이 지나도록 도강증에 대한 소식이 없었다. 아무 소득도 없이 시간이 흘러갔다. 아침저녁으로 강 언덕을 올라가 흘러가는 강을 우두커니 바라보는 김태준의 마음은 흙탕물처럼 어둡고 소란스러웠다.

이제 와서 다른 방도를 모색하기엔 속수무책이었다. 그렇다고 더는 그대로 있을 수도 없었다. 김태준은 도박하는 심정으로 조선인 상인에게 찾아갔다. 도강증을 주선해 주겠다던 그는 왜경의 앞잡이였다. 씁쓸했지만 이것이 현실이었다.

김태준은 자신이 조선총독부에 끈이 닿아 있는 의사라고 거짓 엄포를 놓았다. 놀랍게도 총독부를 걸고 내뱉은 거짓 한마디가 효과를 발휘했다. 그는 그렇게 해서 간신히 도강증을 얻었지만, 다음 역에서 또 심문받게 되었다.

"어데 가는 사람들인가?"

"남문에 사는 의사인데 장모가 돌아가셔서 장사를 치르러 갑니다."

"날이 이리 저무는데?"

"……."

순간 당황한 김태준의 목구멍이 탁 막혔다. 진홍이 보이지 않게 발로 김태준의 신발을 꾸우꾹 눌러 댔다. 머뭇거리던 김태준은 식은땀이 흐르고 정신이 아찔했다. 형사가 이마를 찌푸리며 여행증을 다시 살펴봤다. 그러고는 김태준과 진홍의 얼굴을 찬찬히 뜯어보았다. 그때 진홍이 얼른 나섰다.

"이 아즈바이 으스베다 정신머리가 없는 건 홀어마니가 죽었기 때문임메. 장사르 치를 가족이 아이 없슴메! 시신이 썩기 전 가봐야디 잘못 치무 큰일납구마!"

그녀는 연신 함흥 말투를 섞어 가며 떠들어 댔다. 진홍은 징징거리며 호소하는 척하다가 형사를 곁눈질로 살피더니 큰 소리로 울어 대기 시작했다. 그러자 일본 형사가 한 손을 들어 귀를 막더니 귀찮다는 듯이 서둘러 말했다.

"알았소, 좀 진정하시오. 하지만 길가에 팔로군이 수시로 출몰하는 데니까 조심해야 할 거요."

"아고, 어마니, 이제 저승길에 홀로 아이 가겠슴메."

진홍이 곡소리를 내며 요란스럽게 대꾸했다. 김태준은 저자가 눈치를 채면 어쩌나 하는 조바심으로 등에 진땀이 솟는 걸 어찌할 수 없었다.

갖가지 곡예를 아슬아슬하게 치르며 그들은 가까스로 만주에 이르렀다. 김태준은 옛 요동 땅을 걸으면서 임금의 명을 받고 이곳으로 음원을 채취하러 왔던 조선의 학자들을 떠올렸다. 그때 그들은 이 생소한 땅에서 얼마나 땀을 흘렸을까 상상하다가 문득 고개를 들었다.

  멀리 남쪽을 바라보았다. 그곳에는 그의 고향이, 쫓기느라고 들리지 못했던 그리운 땅이 있었다.

이응이응 나라 리을리을 마을

 압록강 낙동강 건너 ㄷ 고장 ㅂ 지방을 지나다가 달빛이 멈추었던 ㄹㄹ 마을, 그 벌판으로 삭풍이 불어오고 눈보라가 모질게 날리건만 무릎 꿇는 듯해도 절대 꺾이지 않는 ㄹㄹ, 봄이 오는 것도 새가 알을 낳고 나무가 움을 틔우는 것도 개구리가 산란하는 것도 ㄹㄹ 강줄기처럼 느릿느릿, 혀는 구부러져 입천장 스치고 얼어붙은 입술 열어 부드럽게 쓰다듬어 주는 ㄹㄹ, 백두산 바람이 나뭇잎들을 스륵스륵 흔들고 강물은 자유로이 리을리을 흘러 다니고, ㄹㄹ 그리움 불러들이는 태곳적 우리 민족정신의 시원.

 단군과 웅녀가 사랑을 맺어 이어 온 이응 나라, 유순한 사람들이 오손도손 둥글게 모여 살아 마을은 조용하고 땅은 질고 풍요로워, 사람들은 순박하고 앞뜰은 정갈하고 앞마당은 커다란 원으로 이응이응, 사람들은 왔닝 먹었닝 갔닝 늘 솜털이 날리듯이 보드랍고 가볍고 둥글고, 아무것도 꺾지 않고 아우르며 말하지.

동그라미도 공⚬도 아닌 이응이응, 뭐든지 둥글게 만드는 마법, 이응이응 나라 사람들 발걸음은 사뿐사뿐 서로가 서로를 지나갈 때도 겹쳐서 통과하고 미끄러지듯 걸어 다니지. 온화하고 둥근 얼굴들을 지니고 있는 이응이응 나라엔 모든 게 둥근 원이라 무덤도 원이고 우물도 원이고 밥상도 원이고 마당도 원이고 태양도 달도 얼굴도 둥글둥글 이응이응.

흰 눈, 돌멩이, 흙먼지

만주 땅은 들판이 넓어 하늘을 크게 품고 있었다. 그러나 날씨는 마치 칼을 든 저승사자처럼 무섭고 혹독했다. 몇 발짝 걸어가지도 않았는데 턱이 덜덜 떨렸다. 칼바람이 뼈마디 깊은 속까지 파고들었고 내쉬는 날숨들은 금세 얼어붙었다.

일본군 소부대가 30리 밖에 있었다. 검사가 철저하기로 소문이 난 검문소를 피하려면 산을 돌아 우회하는 방법밖에 없었다.

희디흰 눈으로 덮여 있는 겨울 산은 아름답기 그지없지만 시리도록 잔인했다. 희고 순수한 이런 세계에 잔혹함이 겹쳐 있음을 미처 가늠하지 못했다. 추위는 좌우도 모를뿐더러 더욱이 인간의 이념 같은 것에는 관심이 없었고 아량을 베풀지도 않았다. 인간의 입장에서 대상이라도 있다면 투쟁을 시도하겠지만 자연이 적인지라 대적하거나 저항할 수도 없었다.

온통 흰 눈으로 둘러싸인 산마루를 가까스로 올라오자마자 진홍이 집채가 와르르 무너지듯 쓰러졌다. 그녀는 그때야 아이를 가졌다는 사실을 고백했다. 김태준은 그야말로 정신이 아찔했다. 이대로 조금 더 있으면 여기서 둘 다 얼어 죽을 판이었다.

 그러나 그에겐 약속이 남아 있었다. 신뢰를 잃을까 두려워서가 아니었다. 보름달 얼굴의 남자를 위해서만도 아니었다. 그렇다고 개인의 집념이라고 하기엔 마음이 조율되지 않았다. 지금까지 지켜 온 이념과도 일치되지 않았다. 뭐라 형용할 수 없는 희고 순수하고 차갑고 마치 죽음과도 같은 세계를 마주하고서야 김태준은 자신이 여태까지 매달려 왔던 해례본에 대한 일념은 자신도 모르는 어떤 것에 근거하고 있다는 것을 깨달았다. 뜻밖에 세상에 왔다면 치러야 하는 어떤 것이었다.

 죽을힘을 다해 눈사람처럼 꽁꽁 언 진홍을 등에 업고 산 아래로 다시 내려왔다. 산간 마을엔 성한 집이 없었다. 하는 수 없이 구석진 헛간을 찾아 들어갔다. 언 몸을 녹이고 잠시나마 곤한 눈을 붙이기 위해서였다.

 헛간 안에서 퀴퀴하고 역겨운 냄새가 심히 났다. 그러나 그런 것을 가릴 때가 아니었다. 게다가 처음엔 어두워서 알아채지 못했으나 헛간에는 다른 사람들도 숨어 있었다. 중국인들인 듯싶었다. 그들에게 서툰 중국말로 이것저것 물어 봤지만, 그들은 두려운 얼굴을 할 뿐 묵묵부답이었다.

날이 어두워지자, 멀지 않은 곳에서 총소리가 탕탕탕 들려왔다. 곧이어 매콤한 연기가 헛간 벽 틈새로 스며들었다.

그는 얼른 축 처진 진홍을 붙잡아 일으켰다. 그러는 사이 주위를 다시 둘러보게 되었는데 구석에 짚더미처럼 쌓여 있는 건 아무래도 시체인 듯했다. 중국인들이 겁먹은 양 떼처럼 한 구석에서 등을 쭈그리고 있는 걸로 봐서는 그럴 가능성이 농후했다.

김태준은 기회를 봐서 이 생무덤 같은 곳을 빠져나가 다른 장소를 물색하려는 참이었다. 그때 아주 가까이서 총소리와 말발굽 소리가 들려왔다. 중국인들은 이번엔 놀란 양 떼처럼 우르르 헛간 밖으로 몰려 나갔다. 어쩔 수 없이 김태준도 흠뻑 젖은 솜처럼 무거운 진홍을 업고 휩쓸려 밀려 나갔다. 어떤 상황인지 확실하지 않았다. 일본군의 공격인지 저항군의 반격인지.

사람들은 무작정 뛰었다. 두려움이 모두를 충동적으로 뛰게 했다. 김태준도 얼떨결에 중국인들과 한 무리가 되어 함께 움직였다.

그들은 조금 전 그가 내려온 겨울 산을 향해 뛰어가고 있었다. 알아차렸다 한들 이탈하거나 멈출 수가 없었다. 하지만 그는 퉁퉁 부어오른 진홍을 업고 뛰느라 무리에서 점점 뒤처지고 있었다.

바로 뒤에서 말굽 소리가 났다. 위협을 느껴 본능적으로 돌아다 보았다. 정체가 불분명한 군인들이 매캐한 먼지를 일으키며 그들을 향해 달려오고 있었다. 순간 죽음이 혀를 날름거리는 공포가 느껴졌다.

그들은 다름 아닌 팔로군이었다. 때마침 일본군과의 소탕전이 한창이었던 팔로군이 이 산간 지방을 방어해 주고 있던 거였다.

일본군은 입속에 날카로운 칼을 숨기고 있는 듯이 말했고, 그렇게 싸웠다. 반면 팔로군의 말투는 돌멩이처럼 순전하고 투박했으며 싸움도 그런 식이었다. 다행히도 지금은 투박한 돌멩이가 쇠로 만든 칼을 이기고 있던 것이었다.

정규군, 민병대, 유격대원들이 혼연일체가 된 팔로군은 산골과 들판 촌락을 근거지로 활동하고 있었는데, 열악한 상황에도 불구하고 일본군 근거지인 도시를 고립시키고 중요한 수송 수단인 철도를 마비시키곤 했다. 그들은 자급자족했으며 투쟁 중에도 민가를 괴롭히지 않았다. 김태준은 그들로부터 깊은 감명을 받았다.

팔로군의 도움으로 김태준은 조선인 청년을 만날 수 있었다. 팔로군에 연락병으로 와 있던 의용대 청년을 따라 더는 헤매지 않고 연안까지 갈 수 있는 행운도 얻게 되었다.

그러나 진홍은 거의 실신 상태였다. 온몸이 붓고 혈색이 나빠 푸르뎅뎅한 그녀를 등에 업고 가야 하는데 북풍이 휘몰아쳤다. 벌판은 휘파람 소리를 냈고 돌멩이들도 스스로 굴러다녔다. 콩알만 한 크기의 돌멩이였지만 주먹처럼 호전적이고 단단했다. 게다가 흙먼지는 어찌나 격정적으로 일어나는지 눈을 뜨기조차 어려웠다.

차라리 눈을 감고 걸어가는 것이 나았다. 헝겊으로 얼굴을 꽁꽁 싸매고 모자까지 쓴 청년도 앞서 걸어가는 내내 고개를 비스듬히 외로 틀고 갔다.

몸을 낮게 숙이고 따라가던 김태준이 문득 고개를 들었다. 멀리 드높은 창공을 날고 있는 새들이 보였다. 한 무리 새들이 날개를 펄럭이며 어딘가로 날아가고 있었다. 무슨 새들인지는 모르겠으나 이 추운 날씨에 하늘을 나는 모습이 당당해 보였다. 그는 가던 걸음을 멈추고 두 손으로 시야를 감싸면서 이름 모를 새 떼를 한동안 쳐다보았다.

청년은 중간중간 어느 방향으로 가야 하는지 또는 쉬고 싶은지 등등 길을 가는 도중에 말을 붙였는데, 그 말투가 다소 무뚝뚝하고 퉁명스러웠다. 하지만 김태준은 그런 말에 오히려 힘이 솟았다. 황무지 허허벌판에서 흙먼지까지 묻히고 거침없이 들려오는 우리말이 그의 핏줄을 뛰게 하고 그의 심장에 뜨거운 기운을 불어넣었다. 무엇보다도 우리말로 마음껏 투덜거릴 수도 있고, 크게 외칠 수도 있어 좋았다. 때때로 그는 혼자 슬며시 웃기도 했다. 점차 의용군 청년하고도 친근해졌다. 말이 묶어 주는 연대감에 힘입어 김태준은 연안까지 무사히 걸어갈 수 있었다.

연안은 산들로 둘러싸여 있고 강의 양편으로 골짜기가 가파르게 파여 있는 지형이었다. 이곳은 지키기는 쉽고 공격하기는 어려운 지형지물을 갖춰 예부터 전략적 요지였다. 겨울이라 땅은 단단하게 얼어 있었다.

황토고원에 있는 마을 가까이 다가갈수록 조선의용군이 주둔하고 있는 뤄자핑 마을이 눈에 들어오고, 검은 따개비 모양의 입구를 가진 토굴들도 서서히 모습을 드러냈다. 무수한 용사들의 발자국이 찍혀 있는 자갈투성이 길을 천천히 올라가고 있는데 마을 입구 어디에선가 노랫소리가 들려왔다.

의용군 청년 뒤를 따라가면서 김태준 부부는 의아한 표정으로 서로를 쳐다보았다. 여기가 독립군 본부가 맞는지 그런 말은 서로 안 했지만, 당혹스러운 감정을 감출 수 없었다.

살펴보니 중년남자가 아이들에게 한국어를 가르치고 있었다. 그리고 조금 아까 들었던 것은 남자의 선창을 따라서 아이들이 입을 모아 노래조로 한국말을 외우는 소리였다.

가까이 다가간 그들은 더욱 놀랐다. 학생은 몇 안 되었지만, 어린 아이들 같지 않게 목소리가 우렁찼다. 뺨이 불그스레하고 머리에는 작은 고슴도치가 올라앉은 것만 같은 아이들이 낯선 손님이 왔는데도 모르는 체하며 '봄이 왔습니다. 올해도 봄이 왔습니다. 그렇습니다.' 하고 한국어 교본을 큰 소리로 외치고 있었다. 그럴 때면 드러나는 아이들의 치아는 희고 튼튼해 보였다.

나중에 소개받은 후에야 김태준은 조금 아까 목격한 남자가 바로 군정학교 교장이자 사령관이라는 사실을 알게 되었다. 그리고 한글학교는 부설일 뿐 그 뒤에는 독립군을 양성하는 항일군정학교가 있으며 이곳의 모든 결정과 명령은 그가 맡고 있다는 것이었다. 김태준은 자신의 큰 키를 낮추어 누추한 토굴 건물에 먼저 절을 하고 학자처럼 보이는 사령관에게도 몸을 숙였다.

국내 저항 세력이 기대고 있는 이곳의 삶은 열악했다. 황토지대에 동굴을 판 토굴 속에서 생활하고 있었는데 아궁이들이 안과 밖에 하나씩 따로 있었다. 여름에는 바깥 아궁이에 불을 피워 취사하고 겨울엔 안쪽 아궁이에 불을 피워 취사와 난방을 겸했다. 의용군들은 자급자족하려고 밭도 일구고 있었다.

외지고 척박한 땅이며 노상 불어오는 세찬 바람이며 이런저런 각종 악조건으로 겉모습은 초라했으나, 희망을 품고 있는 사람들이 그러하듯이 이들에겐 흔들리지 않는 굳건한 그 무엇이 있었다. 또한 땅을 닮아 가는지 사람들의 얼굴은 순박하고 손발은 거칠지만 힘세 보였다. 그리고 땅의 기질처럼 불같이 화를 내다가도 금세 물처럼 유연했다.

사령관과 인사를 나누자마자 대뜸 김태준은 이용준에 관해서부터 물었다. 그러나 어쩐 일인지 그는 이렇다 할 대답을 쉬이 해 주지 않았다. 이곳이 전쟁터이고, 여기에서 인간 목숨이란 바람같이 순식간에 사라질 수 있다는 말만을 되풀이해서 강조했다. 그리고 임무 중에 실종되는 일도 자주 일어나는 흔한 것이니 그다지 기대하지는 말라고 덧붙였다. 신중해 보이는 사령관이 극도로 말을 아끼는 것을 보니 이용준에게 무슨 일이 일어났구나 하는 두려움이 일어났다.

험난한 여정 끝에 마주친 기암절벽에서 돌멩이처럼 굴러떨어지는 기분이 들었다. 머릿속으로 그리운 얼굴들이 스쳐 갔다.

그는 곧 사령관에게 열띤 목소리로 떠들기 시작했다. 간절함 때문에 제대로 옷을 갖추지 못한 채 말이 튀어나왔고 피곤함도 극에 이르렀기에 상대가 어떤 사람인지도 알지 못한 채 뜨거운 입김을 속사포처럼 쏟아 냈다.

자신이 이용준을 찾으려는 까닭은 그가 가지고 있는 고서 때문이며, 이는 독립운동에 버금가는 중대한 일이며 후대를 위한 일이라고 했다. 우리말이 있어야 독립도 가능한 것이 아니냐고 두서없이 호소했다.

급하게 내뱉는 장황설에도 사령관은 연신 고개를 끄떡이며 빙그레 미소를 지었다. 그의 사려 깊은 태도는 불안감에 놓여 있던 김태준의 마음을 슬며시 녹여주었다. 사령관이 천천히 입을 열었다.

"잘 들었소. 선생의 마음을 잘 이해하겠고 그 정신에 전적으로 동의하는 바요. 허나……."

그는 잠시 말을 멈추었다.

"이곳에 있는 사람들은 모두 나그네들입니다. 잠시 머물다가 어디론가 떠날 것입니다. 다만 염원하는 소망이 있어 당분간은 하나로 뭉치고 있는 거지요. 이들에겐 저마다 피치 못할 사정이 있습니다. 아무도 서로에게 묻지 않습니다. 두고 온 과거가 무겁기 때문이지요. 어떤 의용군에게는 고향에서 그를 애타게 기다리는 노모, 처와 아이들이 있습니다. 어떤 항일 투사는 매국노를 처단하다가 다쳐 다리를 잃고 여기서 싸우고 있습니다. 일경에 잡혀서 형무소에서 고문당하다가 도망쳐 온 혁명가도 있고, 피치 못해 학도병으로 끌려갔다가 탈출한 젊은이도 있습니다. 그러나 그런 개인적 사연들은 나라를 되찾을 때까지 저마다 깊이 묻어 두고 있지요. 우리가 처해 있는 전시 상황이 뒤를 돌아보는 것을 허락하지 않는다고 할까요?"

그는 처절하고 슬프기도 한 이야기를 초연하게 들려주었다. 그러나 그 속엔 부하들에 대한 이루 말할 수 없는 따뜻함이 녹아 있었다.

말을 끝낸 그는 고개를 숙이더니 잠시 침묵했다. 그가 다시 고개를 들었을 때 사령관의 희끗희끗한 눈썹에 햇살을 받은 물기가 반짝거렸다.

그처럼 부드러운 카리스마를 가진 사령관은 김태준으로서도 처음 보는 타입이었다. 보아하니 그의 휘하에 싸우고 있는 군인들도 그를 무척 존경하는 눈치였다. 어쩌면 그들은 자신을 던져 나라의 독립에 헌신하겠다는 신념으로 모여든 투사들이기에 인위적인 권위 없이도 잘 뭉치겠지만.

갑작스레 사령관이 아, 그렇지, 하고 소리쳤다. 어떤 청년이 생각났는데 아마도 그가 이용준에 대해 잘 알고 있을 것 같으니 당장

수소문하여 찾아보겠다고 했다.

"조금만 기다려 보시오."

사령관은 친절한 말을 남기고 서둘러 나갔다.

그가 떠나자마자 학도대장이 나서서 한마디를 던졌다.

"사령관님께서는 주시경 선생님의 최고 수제자였다오."

김태준은 그제야 눈이 휘둥그레지면서 얼굴이 머리끝까지 붉어졌다. 뒤늦게 고개를 어디에다 둘지 모를 정도로 당황스러웠고, 목적에만 전념했던 자신이 한없이 부끄러웠다.

더욱더 놀란 것은 그가 세상을 떠난 스승의 뜻을 계승하여 『조선말본』을 편찬, 발행했다는 사실이었다. 이 국어사전은 서울말을 기준으로 하고 우리말 이해를 위해 순 한글로 집필되었으며, 옆에 한자를 써 놓아서 일반인들이 사용하기에도 유용하고 귀중한 책이었다. 김태준의 머리가 저절로 숙여졌다.

사령관이 떠나고 잠깐의 휴식이 주어지기가 무섭게 진홍이 픽, 쓰러졌다. 몸이 퉁퉁 부은데다가 제대로 쉴 틈도 없었기에 건강이 말이 아니었다.

사령관의 배려로 그녀는 곧장 다른 곳으로 옮겨졌다. 얼마 후 김태준이 다시 돌아왔을 때 어떤 청년 하나가 기다리고 있었다. 그는 자신이 이용준과 가까이 지낸 전우라고 자신을 소개했다. 자세가 바르고 눈빛이 형형한 젊은이였다.

"반갑소. 난 이용준 군의 선생 되는 사람이오."

"예, 선생님을 압니다. 선생님의 조선소설사 강의를 들은 적이 있습니다."

"학도병 출신이오?"

"그렇습니다. 학병으로 끌려갔다가 도망쳐 왔습니다."

"참으로 용감하구려. 그렇게 할 수 있다니!"

"아닙니다."

젊은이가 얼굴을 붉혔다.

"장하오."

김태준이 그의 손을 덥석 잡았다. 청년도 순간 감정이 북받친 듯 고개를 숙여 시선을 잠시 바닥에 고정했다. 그러고는 곧 자세를 바로 하여 차분하게 말을 이어 갔다.

"사실 저는 한때 문학도를 지망했습니다. 홍길동전을 막연하게 이야기책으로만 읽었는데 선생님 강의를 듣다가 새로운 시각을 가지게 되었습니다. 그저 재밌는 이야기라기보다 선생님께서는 허균이 가졌던 사상에 뿌리를 둔 반체제 저항 소설로 해석해 주셨는데 참으로 눈 밝은 이해라고 생각하게 되었습니다. 어쩌면 선생님의 남다른 관점 덕분에 이곳까지 흘러왔는지도 모르겠습니다."

이번엔 김태준의 얼굴이 벌게졌다.

"홍길동이 자네에게 대단한 역할을 했구먼. 정말 고맙소. 먼 이국땅에서 용기 있는 청년을 만나니 감격스러워 내가 할 말을 잃게 되는군."

김태준은 그동안의 길고 긴 여정을 감행한 이유를 밝히면서 간절하게 묻고 싶은 질문을 서둘렀다.

"목숨을 걸고 싸우는 용사 앞이라 나도 용기를 내어 내가 지닌 사명에 대해 말하리다. 알다시피 내가 경성콤에 연루되어 감옥에 들어가기 전에 용준 군에게 중대한 일을 맡겼다오."

"좀 더 자세히 말씀해 주십시오."

"이 일에 관해 속 내용을 아는 사람은 아직 세 사람밖에 없소. 일부러 비밀로 하려고 그런 게 아니라 일제의 감시를 피하려다 보니 그렇게 되었다오."

김태준은 해례본의 발견과 실종과 의의에 대해 그에게 상세히 말해 주었다. 심상치 않은 말에 청년은 사려 깊은 눈빛으로 응대했다. 신중한 사람이 그러하듯, 청년은 잠깐 공백을 두며 타인의 말을 깊이 생각하는 듯한 어조로 답했다.

"제가 아는 바를 말씀드리겠습니다. 대부분이 용준이에게 들은 것입니다. 용준이는 해례본 거래 때문에 처갓집 어르신으로부터 심한 꾸지람을 듣고 잠시 피할 겸 집을 나왔습니다. 선생님께서는 이미 감옥에 계시고 해서 기회를 모색하다가 만주까지 오게 되었습니다. 그러다가 뜨거운 마음으로 화북 독립군에 합류하게 되었는데, 그들이 일본군에게 패퇴한 상황에서 조선의용군이 있는 연안으로까지 오게 되었죠. 이곳에서 저와 가까운 동지가 되었습니다. 이야기를 자주 나누곤 했습니다. 이념도 비슷했고 나라에 대한 열정도 같았습니다. 그는 안동에 두고 온 처와 아이들 걱정을 많이 했습니다. 가족을 이곳으로 불러오고 싶어 했지요. 하지만 처갓집에 소식이 들어갈 것을 두려워했습니다. 그럼에도 구체적 계획을 세우고는 있었습니다. 그때까지만 해도 그는 자신이 해례본을 소유하고 있다는 사실을 아무에게도 발설하지 않고 있었습니다. 심지어 저한테까지도 숨기고 있었지요. 지난겨울이었습니다. 간도로 독립자금을 받으러 갔을 때 그가 품속에 어떤 책자를 가지고 있는 것을 우연히 보게 되었습니다. 느낌이 이상해서 제가 물었죠. 그거 뭐냐고요. 급박한 상황에 감추고 있는 것이 무엇인지 군인으로서 알아야 했죠. 그때 그가 말해 주었습니다. 이것은 어쩌면 자기 목숨보다 중요한 것이라고요. 어쩌면 적과 싸우는 것보다도 중요하다고요. 그렇게 말하면서 선생님 이야기를 했던 것을 기억합니다. 얼마 안 가서 그곳에서 일본군과의 살벌한 격전이 벌어졌습니다. 그 전투는······."

청년이 갑자기 말을 멈췄다. 어떤 격정에 흔들리는 듯했지만 그것에 지배당하지 않으려고 입을 다물고 고개를 숙였다.

정적이 잠시 흘렀다. 청년은 어깨에 메고 있던 둔탁한 총을 내려놓고 한참을 손가락으로 볼록하게 튀어나온 총구를 만지작하면서 한동안 아무 말도 하지 않았다. 청년은 다시 입을 열었지만 목소리가 떨리면서 살짝 갈라졌다.

"죄송합니다. 갑자기 그때가 생각나서 괴롭군요. 아무튼 전쟁이란 그런 것일 수밖에 없겠지요. 많은 동지가 죽었습니다. 우리 쪽이 터무니없이 당했습니다. 무기도 부족했지만 숫자상으로 열악했으니까요. 전쟁 중에 누가 죽고 누가 살아남게 되는 것은 알 수 없는 불가사의한 수수께끼 같습니다. 그 와중에 저도 용준도 간신히 목숨을 건질 수 있었는데, 부대가 퇴각 명령을 내렸을 때 그는 남쪽으로 도주했습니다. 휩쓸려 가게 된 것인지 의도적인 선택인지 모르겠습니다만 제가 본 그의 마지막 모습입니다. 어쩌면 사망했을 수도 있습니다."

청년이 말을 끝내자 김태준은 그 자리에 주저앉고 말았다.

예언과 선택

천태산인 1948

시대의 악몽은 잠시도 쉬지 않았다. 악몽은 자신만이 아는 법칙으로 서로에게 총을 겨누게 하고 비통한 죽음을 나누어 주었다.

그런 운명의 칼을 받은 자들이 하나둘이 아니었다. 바깥의 적도 혹독했지만 내부 투쟁도 참혹했다. 역사가 시대의 어두운 페이지를 넘기면서 모두 휘청거렸고 모두 함께 악몽의 늪으로 추락했다. 어쩌면 같은 시대를 사는 사람들은 공동의 운명을 선택하여 세상에 나타나게 된 건지도 몰랐다.

해방이 되고 세상은 하루가 다르게 손바닥 뒤집듯 바뀌고 있었다. 일상은 다시 험난한 태풍으로 빨려 들어가고 소용돌이에 휘말리면서 저마다 정치적 혼란 속에서 허우적거렸다.

김태준은 그간 사방팔방으로 용준의 행방을 추적해 보았지만 지하조직 깊숙이 들어간 그를 찾아내는 일은 번번이 실패로 끝나고 오리무중 상태였다. 안동에도 다시 내려가 보았으나 비탄감만 짙어지고 돌아왔다.

  용준 처와 아이들이 한꺼번에 돌림병으로 세상을 떠났기에 그의 장인어른은 김태준을 몹시 원망했다. 노인네 입장에선 그럴 만도 했다. 선대의 유물만 잃어버린 게 아니라 딸자식마저 저세상으로 보내게 되지 않았냐고 노인은 언성을 높이며 연신 가문의 파탄을 들먹거렸다. 노인은 해방에 관한 언급은 한마디도 하지 않았다.

  해례본이 어디에 있는지도 미지수였다. 세상이 해례본의 존재를 갈망하고 있는가도 회의적이었다. 어쩌면 안동의 고서는 의도적으로 몸을 사리고 있는지도, 인간에 대해 공포를 느끼고 있는지도 모를 일이었다.

  연안에서 돌아오는 귀국길에 김태준은 다짐했다. 조국이 해방된 이상 다른 활동은 접고 못다 한 연구에 전념하리라고.

  그러나 돌아와서도 김태준은 좀처럼 휴식을 취하지 못했다. 이용준의 행방을 찾지 못해서도 그렇고, 보름달 얼굴의 남자와의 약속을 지키지 못해서도 마음이 무거웠다. 그럼에도 의식 저쪽에서는 해례본이 건재하고 있다는 일련의 근거 없는 희망 또는 예감은 지워지지 않고 있었다.

얼마 안 가서 상아탑으로 복귀하게 된 김태준은 S대학교 초대 총장 물망에 오르게 되었다. 해방 전의 학문적 역량과 경력을 감안한다면 그가 교수와 임직원들, 학내 구성원들 간에 신뢰를 얻은 건 자연스러운 순리이기도 했다.

그러나 배후에는 공산당이 조종하여 그를 총장으로 내세우고 일방적인 투표를 강행했다. 남쪽 군정을 장악하고 있는 미국이 그것을 시인할 리 없었다. 이에 학생들을 포함한 자치회와 미군정 당국의 첨예한 대립이 시작되었다. 하지만 총장 임명권은 미군정에 있었다.

학계뿐만이 아니라 정당과 사회단체들도 다투어 김태준을 옹립하려 했다. 문화예술단체 또한 다르지 않았고 문인들도 그를 끌어들이고 싶어 했다. 그럼에도 이런 제스처들은 정치 상황에 비하면 오히려 부차적이었다. 그가 귀국하기 전에 이미 이런저런 정치 조직에 그의 이름이 올라 있었다.

시대를 잠식하고 있는 어둠에 깨어진 거울과도 같은 현실을 통과하면서 인간이 얼마나 쉬이 변질되고 부서지는지 김태준은 보고 있었고, 진행되고 있는 혼란스럽고 불행한 정치적 상황을 고통스럽게 느끼고 있었다. 그러나 분명 전체의 그림이 아닌 부분에 불과한 것이요, 모든 것은 반드시 흘러가고 사라질 것이므로 본시 아무것도 잡을 것이 없다는 삶의 본모습도 그는 잊지 않고 있었다. 비록 눈앞의 현실은 언제나 그에게 극단적인 선택을 요구했지만.

그런 소용돌이 와중에 김태준은 난데없는 서신을 받았다. 짤막한 서신은 깜짝 놀랄 만한 내용을 담고 있었다. 편지를 펼쳐 든 김태준은 순간 벼락에 맞은 듯이 앉아 있던 자리에서 벌떡 일어났다. 그것은 지리산유격대장 이현상으로부터 온 서신이었다.

남로당 지도부 대부분은 북으로 월경했건만 무슨 일인지 이현상은 지리산으로 돌아왔다. 북쪽 권력에 빌붙을 수도 있었지만 자진해서 남쪽에 있는 걸 선택했다. 그가 패잔병 같은 유격대원들을 이끄는 것이 승산이 있다고 생각할 리가 없었다. 누구는 공산당 상부의 명령이라서 따를 수밖에 없다고 할지 모르지만, 일제강점기부터 온갖 투쟁과 유격전을 수없이 치러 왔던 그가 뻔한 승패를 모른다고 생각하는 건 관객으로만 사는 사람들의 쑥덕공론이었다.

원래 그는 그런 남자였다. 모험에다 자신의 꿈을 걸어 놓을 줄 아는 사람이었다. 그런 의미에서 그가 항일운동가이건 공산주의자이건 그런 이념을 떠나서 그는 신뢰할 수 있는 인간이었다.

무엇보다 충격적인 것은 이용준이 이현상 휘하에 있다는 내용이었다. 어떻게 그가 이현상 부대에 합류하게 된 것일까. 온갖 위험하고 파란만장한 여정에도 불구하고 용준은 해례본을 지니고 있을까, 김태준은 그런 생각을 하다 고개를 아래로 떨구었다.

본인이 의식하고 있든 의식하지 못하고 있든, 해례본의 발견 이후 이용준의 삶도 예기치 못한 방향으로 흘러가게 되었고, 험악한 시대의 소용돌이에 불가피하게 휘말린 셈이었다. 중대한 일이란 그에 걸맞은 무게가 요구되는 법이므로 그런 측면을 기꺼이 수용하더라도 제자에 대한 미안함이 그의 마음속 깊이 자리 잡고 있었다.

김태준은 대학에서 마련해 준 연구실에서 멍하게 서 있다가 다시 바깥을 바라보다가 다시 책상 앞에 앉아 이 일에 관련된 여러 측면을 골똘히 생각하고 있었다.

연구실의 벽시계가 땡, 하고 울렸다. 갑작스러운 종소리에 그의 생각이 이쪽저쪽으로 파편처럼 튕겨 나왔고 그의 미간 사이로 날카로운 칼이 스친 듯한 세로 주름이 생겨났다. 그 순간 시퍼런 칼의 웅웅거림이 들려왔다. 정치적으로 혼란스러운 시기에 이현상을 찾아가는 일은 자칫하면 목숨이 위험할 수 있는 행동이었다.

이런저런 생각들이 또다시 그의 머릿속에서 파도를 치다가 여러 갈래로 나뉘었다.

분명하고 안전한 길은 생각의 파도에 강해지다가 쉬이 뒤집어지고, 위험한 행로는 불안하고 예측 불허이지만 그 풍경이 아름다웠다. 선택이 길을 만드는 것이기에. 그리고 무엇보다도 부딪히기 전에는 알 수 없는 일이었다. 미래는 언제나 불확실한 얼굴로 찾아오므로.

그는 보름달 얼굴의 남자를 떠올렸다. 그러자 선택은 그다지 시간을 요하지 않았다.

막상 와 보니 확신이 서지 않았다. 누군가 지리산으로 들어가는 입구 길을 미리 알려 주었지만 갈림길이 너무 많아 헷갈렸다. 여러 번을 맴돌다가 제자리로 되돌아오기를 되풀이했다. 땡볕으로 머리가 부어오르고 등덜미가 따끔거렸다.

아무래도 도움이 필요했다. 주변을 두리번거렸다. 한적한 지역이라 눈에 띄는 사람이 없었다. 마을에서 떨어져 그런지 길은 더욱 한산했다.

이상하게도 몇 발짝 떼지 않았는데 멀찌막이 나무 아래서 졸고 있는 노인이 눈에 환히 들어왔다. 근방에 사는 농부인 듯했다. 아까 분명히 지나간 곳이었지만 그때는 눈에 띄지 않았는데 아마도 서둘러 가는 바람에 무심코 지나친 모양이었다.

김태준은 뜨거워진 이마를 문지르며 눈부신 뙤약볕을 통과하여 노인이 있는 쪽으로 갔다. 길을 건너가던 중, 땀방울이 흘러내려 그는 눈썹을 몇 번이나 깜짝였다. 건너편에서 쭈그리고 앉아 졸고 있는 노인이 아득하게 멀리 있는 것만 같은 느낌이 들었다.

가까이 다가오는 인기척에 잠이 깼는지 노인이 버럭 소리를 질렀다. 그가 알아듣기 힘든 소리로 뭐라고 했지만 김태준은 무슨 말인지 선뜻 알아듣지는 못했다.

그러나 노인은 곧 눈을 반만 뜨고는 불평하듯 중얼거렸다.

"누구여? 시방 내 꿈을 깨우는 자가?"

김태준은 그의 단잠을 방해한 것 같아 무안해졌다. 공손히 고개를 숙여 인사를 건네도 노인은 눈을 꾹 감고 쪼그려 앉은 채 돌처럼 꼼짝하지 않았다.

  김태준은 무례함을 무릅쓰고 정중하게 다시 길을 물었다. 노인이 마침내 끙, 소리를 내며 자리에서 일어났다. 그러고는 심드렁한 얼굴로 김태준을 아래위로 천천히 훑었다.

  "뭐 때문시랑 그 무시운 델 간다냐! 점잖은 선상님같이 보이는디."

  생각과는 달리 노인의 목소리는 또랑또랑했다. 김태준은 좀 의아한 생각이 들었다.

  다급하기도 했지만 이상한 느낌이 들어, 낡고 오래된 고서적보다 남루해 보이는 노인에게 다시 한번 길을 물었다. 노인은 귀찮다는 듯이 고개를 절레절레 흔들었다. 그러나 분명히 귀를 쫑긋하며 그의 말을 듣고 있는 것이 확실했다. 노인은 촌부치고는 독특한 얼굴이었다. 몸이 마르고 왜소한데다가 머리통은 크고 얼굴은 검고 해서 흡사 돌하르방 같았다.

  김태준은 재빨리 바지 주머니에서 담배를 꺼내 노인에게 건넸다. 그는 내키지 않는다는 듯이 손을 내젓다가 뜻밖에도 즐거운 표정을 짓더니 내민 담뱃갑에서 한 개비만을 살며시 꺼냈다. 하지만 곧 피울 생각이 없는지 바지춤에 집어넣고는 다시 쪼그려 앉았다.

  김태준은 마음이 급급해져 서둘러 그에게 길을 물었다. 고향에 계신 어머니가 병세가 좋지 않아 산에 있는 동생한테 알리러 가는 중이라고 둘러댔다.

  "맴이 쪼매 그러네잉. 허지만 괜스레 거짓부렁같이 들리는구먼.

거긴 위험하우."

노인이 곁눈질하며 말했다. 하지만 조금 아까 퉁명스럽게 대꾸하던 것과는 달리 부드러움이 느껴졌다.

"듣자니께 시방 서울에선 서로 지랄발광덜 하는가 본디. 증말 그려?"

김태준은 흐르는 땀을 닦으며 고개를 끄떡였다.

"그냥 우리네 잘 살게 맹글면 되는디, 웬 패싸움질덜잉가 몰러. 징한 왜놈들이 물러간 게 을매나 됐소. 무시운 놈들이 없으니 지랄헌당게. 죽으나 사나 똘똘 뭉쳐야 쓰는 기라, 안 그렇소?"

할 말을 잃은 김태준은 마른 황톳길을 내려다보았다.

그의 말이 옳았다. 새롭게 열린 세상은 일출을 잠깐 보았지만 다시 밑바닥을 알 수 없는 암흑으로 추락했고, 지상에선 날카로운 칼들만이 떠돌고 있었다. 그것들은 여차하면 이념에 물든 사람의 목을 노리고 순식간에 베어 가려고 번쩍였다. 폭력이 사회를 장악하고 분노로 물든 시간이 지속되고 있었다.

김태준은 발로 마른 땅을 문지르다가 맥 빠진 목소리로 또다시 물었다.

"저들 소굴은 여기서 꽤 먼가요?"

노인은 들은 척도 하지 않았다. 혹은 듣고 있으면서 딴청을 부리는지도 몰랐다. 그는 잠깐 입맛을 다시더니 묻는 말엔 대꾸도 하지 않고 자기가 하고 싶은 말만 했다.

"산에 잉는 놈덜이 죄인은 죄인인 모냥인데 그라도 행동거지는 쬐금 바르긴 허여."

"왭니까?"

"요상시럽게 농사지어 놓은 걸랑 절대루 안 건드려. 고상덜 하고 뱃골도 비어 있을 것인디."

노인이 산 쪽을 바라보며 혀를 끌끌 찼다. 김태준은 연안으로 가던 중 만났던 팔로군들이 생각났다. 긴장했던 그의 얼굴에 그리움 같은 미소가 그려졌다.

"워째, 시방 웃는 기여. 댁 사정이 심각허다구 했잖여."

"아, 예, 예!"

김태준은 무안해져 시선을 아래로 떨구었다. 그 모습을 지켜보던 노인이 여태껏 어조와는 달리 부드럽고도 따뜻한 목소리도 천천히 말을 꺼냈다.

"이봐요, 젊은 선상. 내가 마지막 경고를 하는디, 까짓것 역사 같은 건 돌고 도는 것인디 거기에 목을 맬 필요가 있겠능가. 곧 후회헐 터인디?"

"어르신 말씀은 감사합니다만 이미 마음 굳게 먹은 바가 있습니다."

"고렇다면 지법 용감하구먼! 죽을 수도 있는데 군이 가겠다고 허니. 나중에 날 원망허지 마시오, 잉? 내가 길을 알려 주었다고 동쪽에다 말하지도 말고, 내가 막았다고 서쪽에다 말하지도 말게나. 알

왔능가?"

그렇게 말하면서 노인은 산으로 들어가는 샛길 하나를 손가락으로 가리켰다.

"그라문 난 여기서 돌아가겠네. 잘 가게나."

노인은 굽은 등을 돌려 햇살 속으로 느릿느릿 걸어갔다. 김태준이 그에게 허리를 굽혔다. 그러고는 다시 고개를 들었다. 환한 땡볕 아래 걸어가는 노인의 뒷모습이 역광인데다가 햇살에 눈이 부셔서 잘 보이지 않았다. 거참, 시골 농부치고는 이상한 노인이군 하고 혼자말로 중얼거렸다.

그런 후 그도 등을 돌려 노인이 알려 준 샛길로 걸어갔다.

숲으로 들어서자 하루살이 날벌레들이 갈 길을 방해라도 하려는 듯이 눈앞에서 윙윙거렸다. 그는 어지러운 춤으로 앞을 가리는 날벌레를 피하려고 손으로 휘휘 젓다가 문득 가슴이 저려 왔다.

지리산에서 버티고 있는 이들을 후대는 뭐라고 부를까. 당대야 불구덩이로 뛰어들어 미처 돌아보지 못하고 있지만 역사는 이들을 뭐라고 기억할는지. 혁명가, 공산당의 잔당, 이상주의자, 아니면 폭도의 무리?

옳든지 그르든지 둘 중의 하나라고 김태준은 그렇게 생각한 적이 있었다. 그러나 옳은 것과 그릇된 것 사이에는 수많은 지점이 있을 수 있다는 생각을 전에는 미처 하지 못했다.

어쩌면 정의라고 불리는 것조차도 시대에 따라 돌고 돌며 변하는지라 인간이 소유할 수 없는지도 모를 일이었다. 눈 밝은 이가 아니라면 알 수 없다는 생각을 그의 생애 처음으로 하게 되었다.

이현상은 유격 투쟁을 하면서도 북쪽이나 후방 단체로부터 인원과 병기, 물자의 도움을 받은 바가 전혀 없었다. 그럼에도 묵묵히 투쟁을 하고 있었는데 유격전 사상 거의 유례를 찾을 수 없는 전투를 치러 내고 있는 것이었다.

이 시기 지리산에 있는 이현상을 찾아간다는 것은 자진하여 호랑이 굴에 찾아 들어가는 것만큼 위험한 일이었다. 혹시 모함하고 싶은 자가 있어 이를 빌미로 그를 죽음의 늪 속으로 빠뜨리는 무서운 결과를 상상해 보지 않은 것은 아니지만 일제하 항일투쟁을 기억할 때, 생사를 나눈 전우에게 의약품 정도를 전달해 주는 행위가 목숨을 날릴 만큼 엄중하다고 여겨지진 않았다. 더구나 그가 보기에, 북쪽이나 남쪽이나 저마다 권력을 위한 전쟁놀이를 하고 있다는 생각이 압도적이었다.

한여름이라 산을 오르다 보니 온몸이 땀범벅이 되었다. 그는 가던 걸음을 멈추고 잡나무들 옆에 있는 먹줄로 금이 간 널찍한 바위에 몸을 잠시 뉘었다.

넓적 바위에 누운 채 그는 하늘을 바라보았다. 잡나무들 사이로 흰 뭉게구름이 흘러가고 있었다. 그는 자신을 향해 투덜대며 중얼거렸다.

'식민지를 간신히 벗어났지만, 우리 시대는 아직도 미몽에서 깨어나지 못하고 있는 걸까. 이현상이 보낸 암호 같은 서신이 과연 내 생애의 화두를 풀어 줄 수 있을까. 무엇보다 이용준은 아직도 해례본을 지니고 있을까…….'

새삼스레 앙상한 나무 하나가 눈에 들어왔다. 어지러이 칼을 맞은 듯한, 상처투성이 나뭇가지들이 보였다. 그럼에도 나뭇가지들이 햇볕을 따라 하늘 쪽으로 열심히 달려간 궤적이 바로 그 나무의 모습이었다.

고등군법회의

천태산인 1949년 9월 30일

중앙고등군법회의 실내 분위기는 삼엄했다. 재판석 하급 군인들은 되도록 움직임을 삼가려고 애썼다. 그들은 두터운 서류들을 앞에 쌓아 놓고 무표정을 유지하고 있었다. 실내에 있는 사람들도 동상처럼 말없이 부동자세를 취하고 있었다. 제복을 입은 군검사는 덥지만 참고 있는 눈치였고, 문을 지키고 있는 경비 군인만 이따금씩 몰래 흐르는 땀을 닦았다.

재판이 시작되기 전인데도 다들 털끝조차 움직이지 않았다. 군법회의를 주관할 군판사는 아직 도착하지 않고 있었다. 죄인으로 포승줄에 묶인 이들은 고개를 푹 숙이고 있었고 김태준의 얼굴도 청동색으로 어두웠다.

군사재판이라 일반인은 없었다. 높은 천장 구석에 있는 지저분한 유리창으로부터 희뿌연 빛만이 증인처럼 실내로 들어와 피고인 자리를 비추어 주고 있었다.

김태준은 희뿌연 빛이 들어오고 있는 천장 구석에 좁고 긴 창문을 올려다보았다. 시간이 조금 흐르자 창문으로 들어온 빛이 김태준의 이마 근처에서 아른거렸다. 그는 방해꾼처럼 아롱대는 빛이 성가셔 슬며시 눈을 감았다.

그는 지나간 시간을 떠올렸다. 지리산에 갔을 때 만난 돌하르방 노인이 문득 생각났다. 이어 노인의 말이 기억의 수면으로 올라왔다. 역사란 돌고 돌며 되풀이되는 것인데 거기에 목을 맬 필요가 있겠느냐는 말이 수면 위로 떠오르려는 물방울 수포처럼 허공에서 터지고 있었다.

김태준은 그 한마디 한마디에 고개를 끄덕였다. 노인이 진지하게 충고했음에도 자신은 왜 어깨를 으쓱하고 말았을까. 어찌하다 목숨 같은 학문과 가족을 간과했던 걸까. 도대체 그는 누구였을까. 한갓 늙은 촌부 아니면 혹시 자신의 목숨을 구하려 나타난 산신령? 그럴지도 모른다고 생각하자 긴장했던 그의 마음이 갑자기 따뜻해졌다.

그 순간 망치 소리가 들려왔다. 탕탕 소리가 밀폐된 공간 안에서 울려 퍼졌다. 즉각 실내 공기가 싸늘해졌다. 사람들은 정신이 번쩍 들었고, 김태준도 몇 분간 잊어버렸던 현실로 재깍 되돌아왔다. 중앙 재판석 자리에 앉아 있는 군판사 모습이 눈에 들어왔다.

누군가 조용히 기침했고 누군가는 접은 신문지로 살살 부채질했다. 조금 전부터 창으로부터 들어온 빛은 이제 김태준을 비껴가 회벽에다 암호 같은 무늬를 그리고 있었다. 그는 해일처럼 밀려오는 두려움을 물리치려고 몸을 곤추세웠다.

곧이어 이름을 대라고 하던 준상인 군판사가 물었다.

"당신은 국문학자요?"

"네, 그렇습니다."

"국문학자가 연안까지는 왜 갔소?"

군판사는 버릇인지 질문할 때마다 뭔가를 재촉하는 사람처럼 군화 앞꿈치를 바닥에다 뗐다가 붙였다 했다. 그럴 때면 탁탁 마룻바닥이 울리는 소리가 났다. 사람들도 그 소리를 듣고 또 곁눈질도 하고 있었으나 다들 모르는 척하고 있었다.

김태준은 자기도 모르게 시선이 바닥으로 갔다가 다시 정면으로 옮겨 갔다. 입안이 바싹 말랐다. 그는 마른침을 삼키며 자세를 바로 했다.

"그 시절에 경성에 남아 있었다면 학도병 징집 선도를 해야 했습니다. 지식인으로 도저히 동참할 수 없었습니다. 연안행은 반제 항일투쟁의 일부였습니다."

"그러면 남조선노동당과의 결탁은 뭐요?"

"그들은 항일투쟁 때부터 제 전우였습니다."

"당신은 남로당 간부 행동 요원이 아니오?"

"그렇지 않습니다."

"뭐요? 남로당 문화부장이 아니란 말이오!"

"명칭은 맞습니다. 일제 치하에 사회주의자로 살아왔지만 공산당 간부의 행동 요원은 아닙니다. 두 달 전에 주어진 그 직책은 무력 투쟁을 뜻합니다."

"거짓말 마시오! 누구 지령을 받아 이현상 유격부대가 있는 지리산에 갔는지 말해 보시오."

"어떤 지시도 없었습니다. 제가 오랜 시간에 걸쳐 찾던 해례본 고서를 그가 가지고 있다는 전갈을 받고 갔을 뿐입니다."

"뭐라고? 지금 고서라고 말했나?"

"그렇습니다."

군판사는 화난 얼굴로 김태준을 쏘아보았다.

"고작 고서 때문이라고? 거짓말 마시오! 지령을 받아 갔던 것이잖소!"

"아닙니다. 그 고서는 그저 한낱 고서가 아닙니다. 우리말 제자 원리를 설명해 놓은 민족의 귀한 유산입니다. 해례본은……."

"시끄럽소! 괜히 둘러대지 마시오! 고작 낡은 종이 뭉치를 들먹이며 죄상을 회피하지 마시오!"

"있는 그대로 말씀드리고 있습니다."

"그렇다면 그 고서라는 건 지금 어딨소?"

군판사가 빈정대는 투로 물었다.

"모릅니다."

김태준이 부드러운 목소리로 답했다.

"뭐요? 지금 누굴 놀리는 거요? 국가 중대사 앞에서!"

군판사는 그렇게 말하면서 군홧발로 바닥을 거칠게 내려쳤다. 마룻바닥을 울리는 쿵, 소리가 단말마처럼 들려왔다.

법정 안에는 보이지 않는 소란이 일었다. 경비 군인의 숨소리가 약간 거칠어졌지만 여전히 폭탄이 폭파되기 직전의 고요함이 맴돌고 있었다. 김태준은 그 고요함을 기억하고 있었다.

군판사가 날카롭게 소리쳤다.

"증거도 없고, 말할 수도 없다면! 군법은 당신 말을 채택할 수 없소!"

실내 분위기는 얼음장처럼 싸늘해졌다. 세상 모든 소리가 정적 속으로 가라앉았다. 그것은 빛마저 사라져 버려 어둡고 사악하고 고통스러운 정적이었다. 사람들은 서로를 외면한 채 바닥을 내려다보고 있었다. 그 누구도 아무 소리를 내지 않았다.

잠시 후 무엇인지 모르지만 얼음 녹는 듯한 소리가 들려왔다. 그것은 들릴락 말락 한 소리였지만 법정 안에 숨 쉬고 있는 이들에게 위안을 주는 듯했다.

재판석 끄트머리에 앉아 있던 군검사 대위가 군법회의 판사 준장을 흘깃 곁눈질하며 자리에서 일어났다. 그는 앞에 놓인 두터운 서류 중의 하나를 집어 들고 기소장 내용을 딱딱한 목소리로 읽었다.

"피고 김태준은 남로당 중앙 최고책임자 김상룡의 지령으로 4282년(1949년) 6월경 서울에서 중앙고등정보부를 조직하고……죄목은 이적간첩죄로서 군법으로 총살형을……."

주위가 갑작스레 조용해지며 김태준의 귀에는 아무 소리도 들리지 않았다. 오로지 칼날의 서늘함이 목 가까이 다가오는 것만이 느껴졌다. 오래전부터 그를 노리며 배회하던 칼날이 망나니의 그것처럼 허공으로 난폭하게 솟구쳐 올라가다가 방향을 회전하여 그의 목을 향해 내려오고 있었다.

그는 감지하고 있었다. 그 시퍼런 칼은 오래전부터 그를 노려 왔다는 것, 자신의 기억이 발화되기 전 이미 까마득한 옛적에 던져졌으며, 그것은 그가 선택했으므로 받아야 할 대가이자 판결이었음을.

김태준은 눈을 감았다. 지리산에서 만났던 이현상이 떠올랐다. 그로부터 이용준이 죽었다는 말을 들었을 때 김태준의 얼굴은 검다 못해 새파래졌고 목구멍은 얼어붙었고 몸은 조약돌처럼 쪼그라졌던 기억이 생각났다.

그때 그를 바라보던 이현상은 마치 장난을 끝낸 악동처럼 지그시 웃었다. 경악하고 있는 김태준을 바라보며 그가 말했다.

"걱정하지 말게나. 해례본은 내가 지니고 있네. 지난번 전투에서 이용준이 부상을 당한 후 절명하면서 그걸 내게 맡겼지. 자네에게 꼭 전해 달라고 말이야. 자아 기꺼이 돌려줄 테니, 부디 전해 줄 사람에게 전해 주게나."

그렇게 말을 끝낸 그는 오래된 신문지로 겹겹이 싸여진 해례본을 김태준에게 건넸다. 그 순간 김태준은 세상에서 가장 진귀한 것을 받았다. 그것은 그의 생애를 완성시켰다.

그때 자신은 전우에게 빚졌으며 이제 그는 기꺼이 목숨을 내놓아야 하는 순서를 기다려야 했다. 비록 자신의 삶은 불완전한 서사로 끝날 것이지만 정음은 해례본으로 인하여 새로운 미래를 펼칠 것이기에.

멀고 아득한 곳으로부터 출발했던 빛은 희미하게 깜빡이다가 이제야 풍경 전체를 환하게 비추기 시작했다는 걸 절감하면서 김태준은 눈을 다시 꼭 감았다.

정음의 개입

 그는 또 감옥에 갇혔다. 가슴이 쪼개져 찡, 소리가 난다. 시대라는 경계 안에 사는 자는 그것을 결코 넘어갈 수 없다. 내가 불쑥 개입하고 툭툭 비집고 이야기를 방해하듯 나대는 것이 이상하게 들린다면 이 역시도 시대 탓이다. 만약 고대 그리스에 살았다면 이런 행보쯤은 코러스 정도로 여길 수도 있을 텐데. 그러나 나는 코러스와 다르다.

 사실 나는 움직임이다. 나의 모든 것은 움직임으로 비롯되었다. 물론 몸은 없다. 말하지만 혀가 없다. 보이더라도 실체가 없다. 오, 나는 불완전하다. 이 지상엔 완전이란 어디에도 없지만.

 앗! 그런데 이 감옥엔 죽은 이들의 영혼이 많이 몰려와 있구나! 한때 진짜 살아 있었고 죽었으며, 그리고 지금은 죽은 사람들이다. 이팔삼이 그러하고, 감찰 차종일과 허윤달도, 정화도 그러하다. 목이 잘린 자, 밧줄에 매달려 죽은 자, 칼에 찔린 자, 가지각색들이다. 어마어마한 숫자다. 놀라지 않을 수 없다.

실은 여기서 죽음을 맞이한 영혼들만 갇힌 것은 아니다. 인간 존재는 모두 나름대로 다 갇혀 있다. 모를 뿐이다. 더구나 이들은 죄인은 아니다. 타자에 의해서 이렇게 된 이들이 외려 많다.

이런 것으로 미루어 보아 인간이 누구인지 이러쿵저러쿵 말해 보지만 확실하게 귀결되는 건 없다. 언어에겐 이런 행위는 불가하다. 하지만 지나온 역사의 궤적으로 추론해 보자면, 인간은 서로 싸우고 죽이기를 절대로 멈추지 않는 종족임이 확실하다. 인간의 역사는 전쟁의 역사이고 형제 살인의 역사이므로.

다시, 모래내 군 처형장

천태산인 1949년 11월 7일 자정 1분

 믿을 수 없다. 누군가가 눈가리개를 풀어 준다. 아까 그 하사관이다. 그가 홀연 바람결처럼 다가와 말한다. 기다리던 군부의 지시가 내려왔다고…….

 그런데 나는 얼마만큼 여기 묶여 있었던 걸까. 시간이 추적되지 않는다. 아직도 두 손은 뒤로 묶여 있고…… 숨도 붙어 있다…… 웬일일까……. 그간 누가 내 명줄을 잡고 연기해 주고 있었던 걸까. 꿈을 꾸었나, 꿈을…….

 김태준은 감았던 눈을 떴다. 안개가 짙어 주변이 흐릿하고 지척이 잘 분간되지 않는다. 어둠으로 포위된 듯 사위가 혼란스럽다. 근처에 있는 군인과의 거리도 아득하다.

조금 전부터 내리던 가랑비가 그가 입은 죄수복을 적시고 있다. 몸이 으슬으슬 떨린다. 몇 시쯤인지 모르겠지만 자정이 지난 건 아닌 듯하다.

그리 멀지 않은 곳에서 움직임이 들려온다. 질척질척 젖은 땅을 밟고 걸어오는 군화 발걸음 소리가 무겁다. 사납고 규칙적이다. 마침내 소리가 갑작스레 멈춘다.

이제 시간이 됐소, 하사관이 말한다. 그가 서둘러 어둠 속으로 사라진다. 어찌 된 일인지 그는 내게 눈가리개를 다시 덮어 주는 절차를 잊어버렸다. 그러나 차라리 그게 나으리라.

나 이제 가장 깊은 고독 속으로 들어가리라. 스스로 눈을 천천히 감는다.

적대자도 가고 압제자도 가고 투사도 눈먼 자들도 갔다. 모든 이들이 잠깐 반짝이다가 어딘가로 사라졌다. 그들처럼 나도 어디서 왔는지 모르는 곳으로 다시 돌아갈 것이다.

허물어지고 불완전한 나의 시간은 바다 물결이 밀려와 지우며 덮어 주고 정음만이 남아 영원히 반짝이리라. 누군가의 입술에, 심장에, 영혼의 울림으로……. 생각이 말이 되어, 말이 소리가 되어, 소리가 문자가 되어, 빛이 되어…….

발사! 하사관의 고함, 내가 마지막 듣는 인간의 소리. 아니, 하늘이 날 부르는 소리다!

총알들이 축제 날에 폭죽 터지듯 암흑으로 쏟아진다. 알 수 없는 빛 조각이 번쩍 튀어 올라 허공을 가른다. 총탄은 육체를 흔들어 질척대는 땅으로 나를 고꾸라뜨린다. 아담을 빚어낸 그 진흙으로……

|김태준과의 가상 인터뷰 | 주수자 |
말하라, 슬픈 지성이여

　우리의 위대한 유산이자 민족의 글자인 한글에 관한 특집을 마련하고 훈민정음해례본과 관련된 분들을 찾아 헤매던 중에 선생님을 찾아뵙게 되었습니다. 선생님께서는 훈민정음을 국보 70호가 되게 한 국문학자가 아니셨습니까? 사실 해례본이 없었더라면 훈민정음이 어떻게 만들어졌는지 영원한 수수께끼로 남을 뻔했지요. 뒤늦게나마 그 노고에 감사드립니다.

김태준　무슨 말씀을……. 하지만 저 자신에 관한 이야기는 좀 꺼려지는군요. 사회주의자로서 총살형을 당한 자로 기억될 테니까요. 더구나 요즘 누가 저처럼 유례없는 비극과 죽음을 겪은 사람에게 관심을 가지겠습니까?
　　　　제가 저술한 『조선소설사』『조선한문학사』도 오래전에

묻혀 사라진 판국에.

  서양음악의 기초를 만들어 놓은 바흐도 죽은 후 곧장 잊혀졌다가 19세기에 와서야 부활했지요. 진실은 언젠가 다시 호명되리라 믿습니다. 또한 역사란 해석의 문제가 아니겠습니까. 하지만 선생님의 의사를 존중하여 개인사는 미루고 선생님께서 기여하신 부분에만 집중하겠습니다. 해례본은 어떻게 찾을 수 있으셨나요?

김태준 성균관대학교 전신인 명륜학당 강사로 있을 때였지요. 학교에서 조선어 사용이 금지되어 있어 위반하면 벌금을 내거나 견책, 처벌을 받던 암담한 시절이었습니다. '조선소설사'를 강의하던 중, 저도 모르게 우리말과 우리글의 중요성을 이야기하게 됐죠. 일제를 향한 분개도 있었지만, 조선인은 조선말 없이는 살 수 없다는 절박함을 학생들에게 말해 주고 싶었어요. 아득한 고대부터 우리는 우리말로 이야기해 왔으며 남녀 간의 사랑을 속삭여 온 것이라고요. 그 옛날 춘향이의 사랑과 절개에 가슴이 뭉클해질 수 있는 것도, 홍길동의 활약에 맘을 졸이고 탐관오리의 횡포에 비분강개하고 불의를 물리치려는 힘과 용기를 얻을 수 있는 것도 우리가 우리말과 우리글을 가지고 있었기에 가능했던 거라고요. 한글이 사라진다면 우리가 지금까지 살아온 시간들, 조상과 그들이 남긴 역사와 정신의 맥이 사라지는 것과 다를 바가 없지 않겠느냐는 요지였습니다. 강의 후에 이용준이란 제자가 사무실로 찾아왔어요. 그는 고향이 안동이고 서예를 곧잘 했는데, 저를 찾아와 이런 말을 하더군요. 본가에 고서들이 많은데, 그중에 임금에게 하사받은 책이 있다고요. 그 말을 듣는 순간 목구멍이 탁, 메고 심장이 쿵쾅댑니다. 그러나 곧 감정을 제어하고 다시 물었죠. 그때만 해도 고향에 고서를 소장하고 있던 집이 많았거든요. 조선시대에는 집안에 조상의 문집이 없는 가문은 없었으니까요.

문집이 없는 가문이 없었다고요? 글을 모르는 평민들이 수두룩했는데도요?

김태준   네, 그랬습니다. 웬만한 집은 거의 문집을 가지고들 있었습니다. 조선이 얼마나 문文을 숭상했던 나라인가를 말해 주는 표상이기도 하죠. 아무튼 그때 저는 간송 전형필 선생님으로부터 훈민정음해례본 고서를 찾아 달라는 부탁을 받고 있었던 참에 이용준에게서 이런 말을 듣게 된 것이지요. 그길로 당장 안동에 내려가 보기로 했지요. 내 눈으로 직접 보지 않고서는 확신할 수 없겠다는 생각이었습니다.

그때가 1940년 8월이라고 들었습니다. 하지만 나중에 알려진 바에 의하면, 이용준의 조상인 진성 이씨 쪽이 아니라 그의 부인인 광산 김씨 가문의 가보였다지요? 조상의 문헌을 500여 년 동안 소중히 간직해 온 광산 김씨 가문의 노력으로 훼손 없이 보관되어 왔는데, 엉뚱하게도 다른 가문의 이름으로 알려지게 되었으니 말입니다.

김태준 그렇긴 합니다만, 어차피 해례본은 개인의 것이 아닙니다. 아니 결코 그렇게 될 수 없습니다. 민족의 문화유산이니 우리 모두의 것이지요. 또한 역사는 그렇게 엉뚱한 사람으로 인해 열리기도 합니다. 누가 새로운 역사를 쓰게 될지는 아무도 예측할 수 없습니다.

괜스레 대담의 흐름을 자르게 되었습니다. 다시 우리의 주제로 돌아가도록 하지요.

김태준 음, 어디까지 말했었죠? 다른 차원에 머물러 있다 보니 지난 사건들을 기승전결로 이야기하는 방식을 잊어버렸네요. 문득 기승전결이란 인간의 논리에 불과하다는 생각도 드는군요. 이제부턴 기억 나는 대로 말씀드릴 테니 양해 바랍니다. 이용준이 언급한 해례본이 진서임을 확인한 후 곧장 간송에게 연락드렸을 때 그가 했던 말이 기억납니다.

그게 어떤 말이었는지 몹시 궁금해지네요. 혹시 말씀해 줄 수 있으신지요?

김태준 그가 이렇게 말했지요. '후대에게 얼마나 부끄러울 뻔했소. 이것마저 일본에게 빼앗겼더라면.'하고요. 그때 이미 거북선의 설계도까지도 일본으로 넘어간 상황이었어요. 그와 곧 다시 만날 것을 약속하고 헤어졌지요. 일경이 저를 미행하고 있었어요. 간송도 위험하다는 생각이 퍼뜩 들더군요. 그래서 되도록 그와의 연락을 자제하고 일을 신중하게 처리하려고 마음먹었습니다. 그 당시 일제는 점점 잔인해지고 있었던 때라 삼엄한 분위기였지요.

그 후 선생님은 '경성콤'으로 인해 서대문 형무소에 갇히게 되고, 전형필 선생님께서는 기다릴 수밖에 없었던 거군요.

김태준 허구와 현실의 시간을 좀 다르지만요. 분명한 것은 해례본이 발견되기까지 신비한 일들이 많았어요. 그때 일을 회상할 때마다 등골이 오싹하곤 합니다. 자세히 말씀드리자면, 안동의 고서는 결장이 되어 있었어요. 겉장과 서문 한 장이 찢겨져 있었습니다. 이용준이 뒷머리를 긁적대며 해례본 두 장이 결장된 이유를 말하더군요. 연산군 시절에 선조들이 두려워서 겉장을 없애 버린 것 같다고요. 그의 목소리에 떨림이 섞여 있고 변명처럼 들렸지만, 그야 상관없었죠. 이 고서가 조선어학회에, 조선인 모두에게, 나아가서는 후손들에게 말할 수 없이 귀한 토대가 될 것이 분명했으니까요. 간송에게 결장된 부분을 말씀드렸더니 알아서 복원해 달라고 하셨어요. 그래서 이용준과 함께 쇠죽솥에 한지를 삶아서 두 장을 보사작업을 했습니다. 그런데 놀라운 일은, 본래 해례본은 안평대군의 필체로 씌어졌는데, 아니 이 친구가 안평대군 서체의 전문가가 아니겠어요! 한편 고서를 처음 보는 순간 제 온몸의 구멍마다 소름이 돋았지요. 상상도 환상도 넘어가는 일이었으니까요. 저는 유물론자이고 사회주의자라서 '기적'이라는 단어에 익숙하지 않은 사람이지만, 이런 걸 기적이라고 말할 수밖에 없었습니다. 일제의 굴욕에서 민족의 자존을 지키라고 조상이 서재를 열어 준 것이라고 생각하지 않을 수 없었지요.

우연인지 운명인지 분간할 수는 없지만 정말 놀라지 않을 수 없네요.

김태준   저도 무척 놀랐습니다. 그뿐만이 아니었지요. 일본으로 인해 한글이 사라지게 될 위험한 찰나에 해례본이 나타나 준 것도 뭐라고 말할 수 없는 일이라 그야말로 입이 열리지 않더군요. 마치 한글이 살아서 스스로 나선 것처럼 느껴졌습니다. 엄숙해지지 않을 수 없었지요. 계해년 12월 30일 세종대왕께서 훈민정음을 반포하신 후 450년이 지난 후 갑오개혁 때에 이르러서야 한글을 정식으로 국가의 문자로 공인하게 된 것도 참으로 아이러니가 아닐 수 없습니다. 하필이면 왜 나라가 망하기 직전이었을까, 하는 의문도 들더군요. 한글이 살아서 무력한 조선인들을 꾸짖은 것도 같고, 그토록 위대한 문자를 경시하고 암클이네 언문이네 낮춰 불렀던 우리에게 경종을 울린 듯도 합니다.

아, 그러니까 계해년 12월 30일은 양력으로 1444년 1월 15일이군요. 그래서 북한은 세종대왕이 훈민정음을 반포했던 날을 양력으로 환산한 1월 15일을 한글날로 지정하고 있는 거고요.

김태준 어떤 면에서는 그게 더 적합한 듯 보입니다. 제가 사회주의와 관련이 있어서 그런 의견이라기보다 사실이 그러하다는 겁니다. 우리가 한글날을 10월 9일로 잡은 것은 안동에서 발견된 해례본에서 음력 구월 상한에 반포되었다는 어귀에 의거해서였죠. 1934년까지 한글날이 10월 28일이었던 것을 정정하여 10월 9일로 확정한 것이지요. 그러나 어떤 날짜가 중요한 것은 아닙니다. 한글의 귀함과 아름다움, 엄청난 독특함과 탁월성과 유용성에 대한 자각이 더 시급한 일입니다.

 생일이 어느 날인가가 중요한 것이 아니라 태어난 후의 삶을 잘 영위하는 것이 초점이어야 한다는 말씀으로 들립니다. 그렇다면 한글이란 언어로 글을 쓰는 문학인들은 구체적으로 어떤 일을 할 수 있다고 생각하시는지요.

김태준 소리를 어떻게 형상화하느냐, 그것이 문자화 과정이지요. 지구상의 어떤 문자보다 한글은 과학적이면서도 심오한 철학에 의거해서 창조되었어요. 만약에 해례본이 나타나지 않았다면 우리는 보물을 입에 달고 엉뚱한 곳을 헤매고 있었을 겁니다. 그러니까 이를테면 한글이 만들어진 것이 창살을 따서 만들어졌다든가 어떤 다른 나라의 문자를 모방했다든가 하는 식으로 말입니다. 그런데 해례본에는 한글의 제자해가 명명백백하게 씌어 있어 그전까지 나돌던 허황된 이론들은 단박에 물러나게 되었죠. 이 점이 해례본 발견의 가장 중요한 초점입니다. 한글처럼 영어도 소리문자라고 하지만 그 형성 과정이 오랜 세월에 걸쳐 짜깁기로 덧붙이고 발전된 문자라서 예외 문법이 무척 많지요. 그에 비해 한글은 적확한 체계가 있고, 인간의 발음기관을 따서 상당히 과학적으로 만들어졌습니다. 이제는 이런 사실은 누구나 알고 있게 되어 다행입니다.

그러나 우리는 지금까지 조상이 훌륭하게 창조해 놓은 언어를 잘 갈고닦지는 못했습니다. 아니, 이 엄청난 보물을 외려 괄시했지요. 조금 전 질문자의 말처럼 생일보다는 어떻게 살아 내느냐가 중요하듯이, 그토록 탁월한 한글을 가지고서도 풍요한 언어문화로 일구어 내는 데는 부족했습니다. 어떤 언어가 발전하려면 '콘텐츠'가 있어야 하는데, 우리는 그것이 없었죠. 사용하지 않았을 뿐만 아니라, 한 번도 제대로 풍요로운 꽃을 피워내지도 언어문화를 일구어내지도 못했다는 말이죠. 그러려면 소설이나 시와 같은 문학의 힘이 있어야 합니다.

소설이나 시에 그런 힘이 있나요?

김태준 영어와 좀 더 구체적으로 비교해 보지요. 14세기에 영국이란 나라는 그때의 우리와 비교해 보면 상대적으로 미개한 나라였어요. 하지만 초서가 라틴어가 아닌 자기네 언어인 영어로 『캔터베리이야기』를 씀으로써 그 시대의 모든 방면의 상황을 엿볼 수 있는 다양한 이야기를 풀어내기 시작했고, 뒤를 이어 셰익스피어가 나타나서 인간의 모든 유형을 창조해내는 동시에 무려 2천개의 신조어들을 만들어내면서 영어라는 언어가 엄청난 발전을 하게 됩니다. 인간에게 일어난 이야기를 들려주려면 적확한 언어를 찾아 표현해야 하고, 풍부한 어휘가 필요하게 되고, 새로운 시각과 새로운 사유를 열어 주는 과정에서 언어의 발전이 일어나게 되는 거지요. 문학에 힘을 입어 자연스레 대중들의 어휘가 풍부해지고, 그러다 보니 사회 전체의 발전으로 이어지게 되었지요. 이러한 과정 없이 글자 창제만 가지고는 언어가 발전되지 않습니다. 어림도 없지요. 오백 년 동안 흘러왔다고 하지만, 그러한 문학 콘텐츠가 부족해 한글은 아직 개발도상에 있다고 말할 수밖에 없습니다. 이런 관점에서 보면 문학인들의 책임은 엄청난 것입니다. 부디 이 점을 간과하지 않았으면 해요.

다들 운동, 운동 부르짖지만, 사실 그런 것들은 운동으로 되는 영역이 아닙니다. 문학가들이 빛나는 예술작품으로 새로운 언어를 창조해 내고 어휘를 풍부하게 만들어 내는 것이 한글 운동이에요. 음악의 세계와 비교해 보자면, 바흐가 평균율이란 음악 구조의 토대를 만들어 내긴 했지만, 그 후 모차르트, 베토벤, 쇼팽 등 후대 음악가들이 계속 그것에 기초한 탁월한 음악 세계를 만들어 낼 수 있었기에 오늘날 서양음악이 풍요롭게 발달할 수 있었던 것이죠. 언어도 다르지 않습니다. 반복해서 말하지만, 한 나라의 언어란 그 나라 사람이면 누구나 사용하는 것입니다. 그러나 그 언어를 확장시키고 일구어 내고 이끌어 가는 소임은 문학인들의 역할이 크지요. 근원적 힘은 거기에 있습니다.

한글을 갈고닦고 발전시키는 소임을 맡은 자가 문학인이라는 말씀이 제 심장에 날이 서게 합니다. 문인으로서 무엇을 중심에 두고 길을 가야 되는지 의식도 새로워집니다. 문득 허균이 생각납니다. 그가 최초의 한글소설 『홍길동전』을 쓰게 된 것도 그런 연유가 있었을 것 같네요. 단지 당대의 사회구조를 고발하고자 하는 정치적인 면만은 아니겠다는 생각이 듭니다. 다섯 살에 한문으로 시를 쓸 정도로 천재였던 허균이 한문으로 소설을 못 써냈겠습니까? 분명 어떤 철학적 의도가 있었을 것 같습니다. 그러고 보니 당시에 천시했던 한글로 소설을 썼다는 것은 대단히 혁명적인 발상이었네요. 그래서 결국은 모반 혐의로 처형당할 수밖에 없었고요. 과연 허균은 놀라운 사상가이자 개혁가이며 탁월한 문장가였군요. 1933년에 출간하신 『조선소설사』에서 허균의 『홍길동전』을 다루셨는데, 이 저서가 단행본으론 우리나라 최초의 문학 역사서이죠?

김태준 동아일보에 연재하다가 1933년에 단행본으로 출간되었습니다. 그 후 초판에 각 항을 더해서 보유補遺와 개정을 걸친 재판인 『증보조선소설사』가 나왔습니다. 부끄럽기 짝이 없는 책일 뿐입니다.

시인 임화가 서문을 쓰고 1939년에 출간하신 『증보조선소설사』를 지금 읽고 있습니다. 귀한 글일 뿐만 아니라 그 시절에 이렇게 상당한 자료들을 가지고 쓰셨다는 점에 상당히 놀랐습니다. 이미 20대 중반에 학계로 등장하셨고, 개별 양식으로는 우리나라 최초가 되는 본격 문학의 역사서인 『조선소설사』를 발표하신 출중한 국문학자께서 어쩌다 '경성콤그룹'에 참여하셔서 그 아까운 지성을 낭비하시게 되었는지 솔직히 궁금합니다.

김태준   시대의 간격이란 늘 엄청나지요. 제가 살던 시대는 지금의 시각으론 상상할 수 없을 정도로 경직된 사회였습니다. 조선인들을 극도로 억압하고 착취하고 있는 일본 제국주의와 인간을 옥죄고 있는 봉건주의에서 벗어나기 위해서는 급진적인 방식이 아니면 불가능했습니다. 그런 사유에서 저는 사회주의를 방편으로 선택했던 것입니다. 결국 불행한 죽음을 맞이했지만……. 그러나 후회는 없어요. 언젠가 후대가 다시 새롭게 정리할 것이고, 그때엔 제가 목숨과 모든 것을 던진 사회운동에도 균형을 가진 다른 해석과 평가를 해 줄 날이 오겠지요.

한 인간이 스스로 자기 시대를 벗어나기는 무척 어렵죠. 오직 혁명가와 예술가만이 당대성을 넘어갈 수 있는 자들입니다. 특히 예술가들은 시대를 반영하는 동시에 앞으로 올 시대를 감지해야 해요. 이 점은 누누이 강조해도 충분치 않다고 생각됩니다. 대부분은 당대에 매몰되거든요. 물론 자신이 사는 현시대를 반영하는 것도 쉽지 않습니다. 리얼리즘 문학의 초점이 거기에 있지 않나요? 한편 감상적인 문학은 자가당착적이고 스스로를 미화하는 데에 머물러 있고요. 그런 문학사조에 비한다면 현실 참여의 리얼리즘 문학은 계속 당대가 맞닥친 불의와 고난에 치열하게 조응하고 격렬하게 도전하고 있어 훌륭한 휴머니즘 자세를 가졌다고 봅니다. 적어도 문학은 그래야겠지요. 그러나 그것은 기본입니다. 그러나, 현실에만 치우치면 출렁거리는 물결에 함몰되거나 거대한 대양 속에서 허우적거리는 위험이 있습니다. 당대와 조응하는 예술가들도 필요합니다. 시대를 반영할 수 있기에 대중의 박수도 받게 되니까요. 그런 예술가들을 우리는 '팝 아티스트'라고 부르죠. 아마도 베스트셀러 작가들도 거기에 속하겠고요. 당연히 그런 이들도 필요합니다. 그러나 진정한 예술가들은 저희 혁명가들보다 훨씬 더 미래적이고 앞으로 올 시대에 대한 예측과 감지를 적확하게 해 나가야겠죠. 반드시 미래적이어야 한다는 것을 강조하고 싶습니다.

(머뭇머뭇) 제가 인터뷰한 분들 중에 선생님이 유일하게 형무소까지 다녀오셨고, 시대의 격류에 휘말리면서 치열한 삶을 사셨기에 솔직히 묻지 않고는 지나칠 수 없어서인데요, 치욕스런 일제강점기 때의 삶을 어떻게 견디셨는지요? 이런 질문을 드려도 되는지요?

김태준   하하하. 어떤 질문도 괜찮습니다. 말은 진실할수록 좋지요. 어떤 시대든 그 시대의 갈등은 있다고 생각합니다. 어차피 삶은 갈등의 연속 아닙니까? 고대부터 지금까지 인류가 그토록 갈구했던, 또는 치워 버리고 싶은 폭력과 착취와 억압과 전쟁 등 온갖 갈등들을 모두 제거해 버리면 좋겠지만, 그렇게 되면 막상 남는 것은 아무것도 없겠지요. 인류의 역사는 그렇게 간단하지 않았습니다. 평화가 올 것이라고 예상하지만 그건 착각이지요. 아르헨티나 작가 보르헤스가 지적한 대로 인류의 역사는 불한당들의 역사입니다. 훌륭하게 흘러간 적이 극히 드뭅니다. 인류의 역사는 끊임없는 착취와 얼룩진 혁명과 전쟁으로 이루어졌어요. 그러므로 최선을 다해 밝은 쪽으로 균형을 이루려고 노력해야겠지요. 저는 개인적으로 그런 철학을 기둥 삼아 어두운 시대를 살았습니다. 하지만 이제 모든 것이 끝나고 지금에 이르러 보니, 삶이란 갈등과 함께하는 유희였다는 생각을 하지 않을 수 없네요. 경허 선사의 말에 의하면, 삶이란 그 자체가 시름덩어리이니까요. 또 장자의 말을 빌려 보자면, '화광동진'이라고 할까요. 더러운 모든 것들을 끌어안고 사라지는 과정이 우리 생이라고 결론을 내려 봅니다. 사실 제가 비극적 시대의 사회구조에 휘말려 촛살당하지 않고 학문에만 몰두할 수 있었다면, 하는 회한도 없지는 않아요. 그럼에도 뒤돌아보건대, 당시 식민지 체제하에서 가장 치열하게 저항했던 용감한 이들과 함께할 수 있었던 시간은 그리 나쁘지는 않았구나, 하고 생각하고 있어요. 물론 합리화일 수도 있겠죠. 하지만 심정적으로 그렇게 받아들이며 고요히 존재하고 있습니다.

조선어학회에 관련된 일들과 『조선소설사』를 비롯한 학문적 저서들에 대해서는 앞으로 국어학자들에게 맡겨야 할 것 같습니다. 「연안행」 기행문도 그런 것 같고요. 마지막으로 문학에 관해 한 말씀 들려주시자면?

김태준   문학도 투쟁입니다. 외부 세계와의 투쟁인 혁명과는 달리 내적인 것입니다만, 글을 쓸 때는 칼을 갈고 쓰는 것처럼 치열한 자세로 해야 한다고 생각합니다. 내가 나를 넘어가야 싸움에도 이길 수 있는 거지요. 자기를 수행하듯, 문학을 해나가기를 문인들에게 바라고 있습니다.

앞서가신 자로 현재를 살고 있는 저희에게 한마디의 진언을 들려주십시오.

김태준   과거는 그저 과거가 아닙니다. 반드시 지금과 이어져 있지요. 대개 그냥 스쳐 가거나 지나쳐 버려 놓치지만 역사는 늘 반복되는 겁니다. 그러므로 젊은이들은 역사를 좀 깊고 다양한 시선으로 바라보고 거기서 통찰을 얻고 새로운 희망과 독자적인 시각을 세웠으면 합니다. 그러니까 저는 이미 구세대, 아니 봉건세대의 혼이라 이렇게 잔소리 조로 훈계하게 되네요. 그러나 내심으로 이 말은 꼭 전하고 싶었습니다.

참으로 드물고 예외적인 시간을 내주시고 미래에 대해서, 또한 문학인의 소임에 대해서 새로운 시각을 열어 주신 선생님께 깊이 감사드립니다.

김태준 웬걸요, 제가 외려 감사합니다. 누군가와 이야기할 수 있다는 것은 치유이니까요. 덕분에 치유의 시간을 가졌고, 다시 본모습으로 돌아갈 수 있어 좋습니다. ◆

---

* 위의 글은 2015년 계간지 『문학나무』 가을호(통권 56호)에 발표한 글을 재수록한 것이다.

달아실한국소설 22

소설 해례본을 찾아서

1판 1쇄 발행	2024년 10월 9일

지은이	주수자
발행인	윤미소
발행처	(주)달아실출판사

책임편집	박제영
편집위원	김선순, 이나래
디자인	전부다
표지디자인	고은이
법률자문	김용진, 이종진
교정	권도희
마케팅	오현성

주소	강원도 춘천시 춘천로 257, 2층
전화	033-241-7661
팩스	033-241-7662
이메일	dalasilmoongo@naver.com
출판등록	2016년 12월 30일 제494호

ⓒ 주수자, 2024
ISBN : 979-11-7207-028-1 03810

이 책의 일부 또는 전부를 재사용하려면 반드시 저작권자와 (주)달아실출판사 양측의 동의를 얻어야 합니다.

• 잘못된 책은 구입한 곳에서 바꿔드립니다.
• 책값은 뒤표지에 표시되어 있습니다.